田丸雅智

ふしぎの旅人

実業之日本社

JN153807

実業之日本社文庫

ふしぎの旅人

目　次

本文扉イラスト　カヤヒロヤ

ホーム
列車

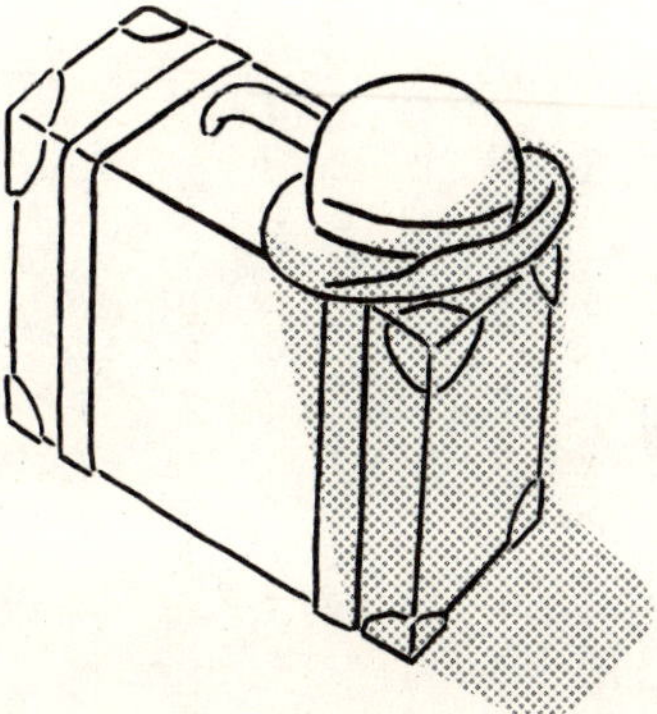

夜汽車を待っていた。

故郷に向かう寝台列車は、もうすぐ到着予定だった。ぼくはベンチに腰掛けて、文庫本を開いていた。

そのとき、ガタン、とベンチが揺れた。何事かと思って、周囲を見渡した。同じように列車を待つ人が、同じようにきょろきょろあたりの様子を窺《うかが》っていた。首をかしげながら目線を前へと戻した、その瞬間のことだった。ぼくは信じがたい光景を目にすることになって、目をぱちくりさせてしまった。

反対側のホームが、動いているように見えたのだ。目の錯覚にちがいない。そう思って、ぼくはすぐさまぶるぶる頭を振った。そしてもう一度、前を見やった。

しかし。ホームはやはり、動いていた。それどころかどんどん加速していって、すぐに彼方《かなた》へと消えていった。残ったのは、駅周辺の風景だけだった。そしてそれも、目の前を過ぎていく……。

ちょっと待てとぼくは慌てた。ここにきて、とんでもない思い違いをしていることにようやく気がついた。動いているのはあちらではなく、こちら側……間違いない、動いているのは、こちらのホームだ！

「駅員の間では、ホーム列車なんて呼んでいましてね。ときどきあることなんですよ」

駅員さんが歩いてきて言った。じつに落ち着いたものだった。ぼくは集まってきた人たちと一緒になって、その言葉に聞き入った。

「いつもは送迎に徹しているホームですが、たまにこうして自分でお客様を運びたがることがあるんです。ですが、ご安心ください。快適さでは寝台列車に及びませんが、目的地へはきちんと連れていってくれます。ホームに乗って故郷《ホーム》に帰る。駄洒落《だじゃれ》みたいなものですが。安全運転ですけれど、振り落とされてはいけませんから白線の内側には下がっておいてくださいね」

意外にも、怒りだす人は皆無《かいむ》だった。かくいうぼくも不思議なもので、変わった旅に心はむしろ弾んでさえいた。駅員さんは、にこやかな笑みを浮かべている。

ホーム列車は、線路に沿って街中をぐんぐん走っていった。黄色く光る家々の窓では黒い影が楽しそうに踊っている。ぼくたちは、都会の灯《あか》りのきらめきの中を走っていく。

町を抜けると、田園地帯へと入っていった。吹き抜けて行く風に寒さを感じはじめたころ、駅員さんが毛布を支給してくれた。こういうときのために備えているのだと言った。待合室で横になる人もいた。ホームの端に毛布をかぶって寝転がり、星空観察をはじめる人もいた。ぼくは自販機でコーンスープの缶を買い、過ぎゆく景色をベンチに座ってぼんやり眺めた。

ホームはいろいろな町を訪れては、去っていった。それぞれの町には、ちがった空気が満ちていた。それを肌で感じながら、ぼくはホームにごろんと転がった。湖面の上を、ホームの灯りが滑っていく。

やがて消灯を告げるアナウンスが流れ、ぼくは目を閉じホームの揺れに身体《からだ》を任せた。たしかに快適とは言いがたい。が、なんともいえない心地《ここち》よさがそこにはあった。なぜなのだろうと考えているうちに、ぼくの思考は次第に広がり闇の中へとにじんでいく――。

目覚めると、見慣れた景色がそこにあった。もう少しで駅に着く。懐かしさがこみあげた。

ぼくは大きく伸びをして、不思議な一夜を振り返った。得難《えがた》い貴重な旅だった。深い満足感にひたっていた。

ただひとつ、駅舎につくと残念な知らせが待ち受けていた。あろうことか、ぼくのホームと入れ違いに、もともとあった故郷のホームが先ほど旅立っていってしまったというのだった。ぼくを迎えに来てくれていた、家族みんなを乗せたままで。

ペルーの
土地売り

不思議がるのも無理のない話だと、自分でも思う。ちょっと前のあたしだったら、あんな人を選ぶはずがないもんねぇ。

心変わりは、旅行に行ってからのこと。旅は人を変えるっていうけど、まさか自分の価値観がこんなにも大きく変わるだなんて、旅行前は想像さえもしてなかった。

あたしが南米を訪れたのは、一年ほど前のことだった。ナスカの地上絵でしょ、マチュピチュ遺跡でしょ。あたしは昔から南米の古代文明にすごく興味があって、絶対いつか行きたいなって思ってたの。だから就職して初めて長期休暇がとれることになったとき、迷わずツアーに申しこんで。

ヒューストンを経由して訪れた南米の地には、素敵な古代遺跡はもちろんのこと、ほかにもカルチャーショックって言葉にふさわしい出来事がたくさんあたしを待ち受けてた。

ひとつは、町の中をふつうに野犬がうろついてたこと。昔の日本じゃ当たり前だったのかもしれないけど、大量の野犬が群れになって車を追いかけたりしてるんだから、バスから怖々その光景を眺めたなぁ。

おみやげショップが防護壁で囲まれてたのも、衝撃だった。防犯のためなんだろうけど、バスよりも遥《はる》かに高い壁が敷地を一周しててねぇ。入口には守衛《しゅえい》さんが立ってて、バスが近づくと厳重に閉ざされた大扉がゆっくり開くの。まるで軍の秘密基地にでも入るみたいで、好奇心と恐怖心が混ざりあった変な気持ちになったりして。

そんな中で一番びっくりしたことが、土地に関することだった。バスに揺られながら外をぼんやり眺めてたとき、奇妙な光景を目にしたの。

そこは町から少し離れた平地だった。その広い土地のところどころになぜだか掘《ほ》っ立《た》て小屋が建ってて、人が生活しててさ。

こんな電気も水道もなさそうなところに、なんで人が……。

一瞬、疑問に思ったけど、あたしはすぐに理解した。なるほど、これが南米の貧富の差なのかって。

でも、複雑な気持ちで眺めてると、近くに座ってたガイドさんが声を掛けてくれたの。

「日本じゃ見ない、おもしろい光景ですよねぇ」

はじめは耳を疑ったよ。デリケートな問題をおもしろがるなんて、どう考えても不謹慎じゃない。

するとあたしの表情から察したのか、ガイドさんは慌てて言った。

「すみません、そういう意味じゃないんです。あの人たちは、なにもああいう生活を強《し》いられているわけではないんですよ」

「ちがうんですか……？」

「やむを得ずではなく、自ら望んでやっていることなんです」

「はあ……」

何もない更地《さらち》に自分から住んだりして、いったい何のメリットがあるんだろうと、あたしは疑問を口にした。

「まさにその理由が、おもしろくて。彼らは土地売りと呼ばれる人たちで、土地を売って生計を立てているんです」

意味を理解しかねていると、ガイドさんはつづけて言った。

「たとえば、月の土地を売る人たちのことをご存知ですか？」

「月の……？」

「ええ、月の土地というのには、所有者なんていませんよね？　その点に着目して、勝手に土地に値段をつけて分譲地として売っている企業がありましてねぇ。もちろん土地を購入したところで一般人が月に行けるわけもなく、半分ジョークみたいなものなんですが、もともと誰のものでもなかったものを所有して、それを売って儲《もう》けるという、目から鱗《うろこ》のビジネスモデルが存在しているんです」

あたしはただただ感心するばかりだった。

「それと似たようなことが、ここでも起こっていましてね。日本だと、どの土地にも所有者が存在しているものですが、このあたりの土地は未開拓で、所有者も決められてはいないんです。ですから彼らはああして勝手に陣取って、土地を自分のものにしてしまっているんですよ」

「では、そのうち誰かに土地を売るというわけですか……？」

「まさしくです。元手がタダなので、売れた分だけそのまま儲けになるという、じつにおいしいビジネスですね」

合点しつつ、あたしは尋ねた。

「ですが、こんな土地、誰が買うんです……？」

月の土地なら、まだロマンがあるじゃない。でも、窓の外には更地が延々とつづいてるばかりで、とてもじゃないけど欲しいだなんて思わなかったの。

「そこが、おもしろいところでして」

ガイドさんはニヤリとした。

「いまの土地にはほとんど価値はありませんが、彼らはここに居座って、価値が上がるのを待っているんです」

「……どういうことですか？」

「国のインフラ整備が鍵なんです。ああやってひとつ、またひとつと掘っ立て小屋が増えていくでしょう？　小屋が集まると、やがては村のようになる。そうなれば勝ちで、国も放っておくことはできないのでインフラ整備に乗りだすんですよ。するとそこは本当の村へと格上げされて、住みたいという人が出はじめる。土地に価値が生まれる瞬間ですね。そうして、よきタイミングで土地を誰かに売却すれば丸儲けです。もちろんすべての土地の価値が上がるとは限らないので運も絡んできますが、彼らは信念を持って居座りつづけているんです」

心底、舌を巻いたなぁ。

いつ報われるとも分からないのに、自分の見立てを信じて、価値が出るまで根気強く辛抱しつづける。その生き方に雷を打たれたようになって、自分自身が根底から揺らぐほどの衝撃を受けてさ。

あの人たちは、なんてしたたかなんだろう……。

人生で初めて、生きるってことの本当の意味を見せつけられたような感じもして。

それから先は、ガイドさんの説明を聞き流しながら、バスの外につづく景色をひたすら眺めた。あたしの中では、これまでの人生のこととか、これからの人生のことが、ぐるぐる渦巻きつづけてた。

それは旅が終わってからも消えないで、ずっと心で燻《くすぶ》ってたの。

そしてあたしは、こんなことを考えるようになった。

望むものを手に入れるには、我慢強く待ちつづけることが重要なんだ。理想の人生を得るためには、したたかに生きなきゃならないんだって。

しまった……。
その思いは日増しに強くなっていって、とうとうあたしの考えを根本から変えて
だからなの。だからあたしは、あの人と結婚することに決めたんだ。
その表情だと、まだピンときてないみたいだね。
いい？　あんなにお金お金って主張して、玉の輿《こし》を狙ってたあたしが、どうして
冴《さ》えない普通の人を選んだのか。それはね、目先の金持ち争奪戦に加わって自分を
すり減らすよりも、見向きもされないああいう人を捕まえるほうがよっぽどラクで
得策だって思ったからなの。
正直言って、あの人の妻であることの価値なんて、いまはほとんどないに等しい。
でもそれは、あくまでいまだけの話。あたしはね、彼には相当な可能性が眠ってる
って見込んでるの。
つまりは読みが当たって彼がちゃんといい男になってくれれば、彼の妻というポ
ジションにも価値が生まれるわけじゃない。そうなれば、そのポジションを手に入
れたがる女だって必然的に現れるでしょ？
あたしの狙いは、まさしくそこで。人生はお金だって考えは、当然いまも変わっ

てなんかいやしない。

彼の価値が、いったいどれくらいまで上がってくれるか……。

とにかく、売りどきだけは見誤らないようにしないとね。

ポートピア

その「ポートピア」という店は、おれの地元、三津《みつ》の港の一角にあった。見た目は何でもない昔ながらの古い居酒屋という感じだったのだけれど、小さいころからどことなく近づきがたい空気があった。夜が迫ると、港には深い霧がかかりはじめる。そんな中で「ポートピア」と光る看板は、ちょっと不気味に見えたからだ。

店付近の船着き場には、夜になるといろんな船が停《と》まっていた。

小さいものや大きいもの。

そういう程度の話じゃなかった。

地元の漁師さんの船を除けば、停まる船は毎日のようにちがっていた。

帆を掲げた木造の船。富豪の持っていそうなクルーザー。簡素な手漕《てこ》ぎのボート。

これはあとで知ったのだけれど、ガレー船と呼ばれる昔の帆船《はんせん》が停まっていることもあった。

「あそこには、あんまり近づくな」

父は、常々おれに言っていた。

「あの店にも、いつか酒が飲めるようになったら連れてってやるから」

何かを隠しているふうなその様子は、ずっと気になっていた。が、問いただすほどでもないと、努《つと》めて気にしないようにしてきた。

父は海に生きる人間だ。亡くなった祖父に憧れて、同じ道に入ったらしい。

祖父は伝説と呼ばれる漁師だった。父が語るだけならまだしも、仲間の漁師さんたちからも祖父の武勇伝はよく聞かされた。どんな悪天候でも獲物を逃したことはない。この港町を発展させたのは、間違いなくあの人だ。そんな祖父の背中を、父は必死になって追いかけた。

祖父は、海で死ぬのが本望だというのが口癖だったらしい。が、本当にそうなってしまったときには、誰もが言葉を失ったという。

小さいおれは、当時いつまでも帰ってこない祖父のことを父に尋ねた。すると父は、沖合を眺めながらぽつりと言った。相棒の船、福寿丸《ふくじゅまる》ごと荒波に呑《の》まれたのだということを。

「あの人でも、老いには抗《あらが》えなかったんだろうなぁ」

あきらめと、どこか清々《すがすが》しさを湛《たた》えた父の横顔は、いまでもおれの頭に焼きついている。

だから祖父の生きざまは、人を通してしか知らない。

あとになって、いろんな人から祖父にまつわる逸話《いつわ》を耳にするたび、おれは何度となく口にしてきた。

「一度でいいから、ちゃんと話をしてみたかったなぁ」

そんなとき、父は決まってこう答えた。

「あの人も、よく言ってたよ。おまえが大きくなったら、一緒に酒を酌《く》み交わしたいって」

祖父は酒豪でも名を馳《は》せていた。

大漁旗《たいりょうばた》を手に帰港したら、真っ先に向かう場所。それが「ポートピア」だった。

大きくなるにつれ、自分にとっては当たり前だったことが、じつはみんなにとっての当たり前ではなかったのだと知ることがある。

高校にあがったころから、おれは三津の港の不思議に気がつきはじめた。すっかり見慣れた、いろんな船の停まる光景。それは、どこか別の港でも当たり前に見られるものだと思っていた。けれど、そうではなかったのだ。

「あの船はなに？」

小さいころ、ある日、夜道で父に聞いたことがある。

「あれはな、潜水艇《てい》だ」

そのときは、へぇ、と好奇心を刺激されたくらいのものだった。でも、分別ができてから考えてみると、こんな小さな港に潜水艇が停まることなんて普通はない。当時は何の疑いもなく受け入れていたけれど、いったいどこから何のためにやってきていたのか、理解に苦しんだ。

シーカヤックというものを知ったのも、三津の港でだった。瓜二《ふりふた》つのそれを偶然テレビで見かけたのは、少したってからのこと。太平洋を横断している最中だと紹介されているカヤックを見て、妙な思いにとらわれた。

いつか港で見た船を、教科書で目にしたこともあった。ガレー船。それも古代の型の代物を、おれはどうやら地元の港で見てしまったらしい。

そんな例は、数え上げればキリがないほどあった。

そのすべての謎が解けたのは、おれが成人になる誕生日を迎えた日だった。

「行くか、あの店に」

その日おれは父に連れられ、ついにあの店を訪れた。

闇夜に浮かぶ「ポートピア」。

父につづいて怖々足を踏み入れると、混沌《こんとん》とした未知の世界が待ち受けていた。

おれは父と一緒に空いた席に腰かけた。初めての居酒屋はなんだか落ち着かず、きょろきょろあたりを見てばかりいた。

と、おかしなことに気がついた。

飛びこんでくる周囲の会話。その言葉づかいに違和感があったのだった。

よくよく耳を澄《す》ましてみると、標準語や関西弁、東北弁など、どうやら地元のものではない方言が飛び交っている。それに何より、明らかに人種のちがう人もたくさんいて、英語や、もはや何語か分からない言葉までもが飛んでいた。

最初は、居酒屋というのはこんなにも様々な人が集まる場所なのかと、漠然と思った。

でも、冷静になると、こんな人たちが三津の町を歩いているのなんて見たことがなかった。

ならば、この人たちはいつの間に、どうやってここへやってきたのだろう……。

「ここはな、いろんな人が立ち寄っていく店なんだ」

おれの内心を察してだろう、父が口を開いた。

「おかしいと思ったことはないか？　三津の港のことを」

グラスを傾ける父に、おれは小さく頷《うなず》いた。

「おまえも感じてる通り、停まる船がこんなに毎日入れ替わる港なんてほかにない。その船にしたって、じつに妙だ。見たことのないような変わった船も、よく停まってるもんなぁ。でもここはな、そういう港なんだよ。もっと言うと、海に開かれたこの店が、世界中を航海する人たちを三津の港に呼び寄せるんだ。空間なんて飛び越えてな」

おれは父の話に聴き入った。

「ここは船乗りたちの間では有名な店で、心のよりどころなんだ。長い航海でも短い航海でも区別はない。海で人の温《ぬく》もりに触れたいと強く願った人のところにだけ、この港は現れるんだよ。

そして乗りつけた先にあるのが、この店だ。港のユートピア、ポートピア。海を棲家《すみか》にする者たちが、地域や国を超えて束《つか》の間《ま》の休息を味わう場所だ」

逆に言えば、と父はつづける。

「だからこそ、おまえには近づかないよう言ってたんだ。間違えて船に乗りこんでしまったら最後、世界中どこに行ってしまうか分からないんだからなぁ」

おれは、いつか見た映画を思いだした。事情があって船の倉庫に隠れているうちに、船は出港してしまう。気づいたときには海の上で、戻ることはできないのだ。

「たしかに、それは……」

「それもな、世界中に散らばるだけの話なら、まだましなほうだ」

父は言った。超えるのは空間に限ったことではないのだ、と。

時間さえも超え、人はここにやってくる。

「おれは一度、コロンブスのサンタマリア号の船員に出くわしたこともあるよ」

冗談のような話だったけれど、その目は本気だった。

おれは疑うというよりも、納得したという気持ちになっていた。

長い間、ずっと三津の港をこの目で見てきたのだ。事実は、事実でしかありようがない。それよりも、その裏側に潜んでいた背景が明快になって、靄《もや》が晴れたような気分だった。

同時におれは、こんな小さな港が時空を超えて世界とつながっていたなんてと誇らしくなっていた。そしてそんな港から、漁師さんたちは朝早くから漁に出ていく。世界の海に出ていくように。

思えば、三津の港にあがる魚の種類はじつに豊富だ。もしかすると、漁師さんたちは本当に世界の海へ漁に出ていっているのかもしれない。

「ところでな」

と、一人で考えこんでいると父が口を開いた。

「この店の一番の常連にして名物が、うちのじいさんだったんだ」

「じいちゃん……？」

困惑するおれに、父は言う。

「そう、まだ髪の黒い若かりしころのあの人が、時を超えて港に乗りつけるんだ。

そこに漁を終えて戻ってきた当時のじいさんが入ってくる。そうなると、決まって飲みくらべだよ。酒豪同士の対決だから、勝負は深い時間にまでもつれこむ。とうとうどちらも倒れずに、みんなが先に眠ってしまう、なんてことがよくあったなぁ」

おれは思わず尋ねていた。

「……それじゃあ、若いころのじいちゃんが、いまもここに？」

祖父に会える——。

強い期待を抱いた矢先、無情にも父は首を横に振った。

「いまもときどき見かけるけど、残念ながら今日は来てないみたいだな」

でも、と父は言った。

「代わりに来てる人がいる」

「代わり……？」

「じつは、この店には遥《はる》か遠いところからの船もやってくるんだ。異国よりも遠い場所……」

まさかと思った次の瞬間、父は告げた。

「黄泉《よみ》の国からの船だ」

おれの胸は俄《にわ》かに鼓動が速くなる。

店の中を慌てて見回す。

「あの人の指定席は一番奥――ポートピアの特等席だ」

反射的に、そちらを見た。

父に似た面影《おもかげ》の老人が、ぐいと一人で酒を呷《あお》っていた。

おれは何も言えなくなる。

「今日は来るだろうと睨《にら》んでたんだが、正解だった。港に停まってる廃船になった福寿丸を見て確信したよ。照れて気づかないふりしてるんだろうけどな、まあ、行ってこい」

父にぽんと背中を押された。

「おれもこの日が来てうれしいよ。あの人の長年の夢が、ようやく叶《かな》うんだ。成人した孫のおまえと酒を酌み交わしたいっていう、なぁ」

生地屋のオーロラ

これのことだろ。いや、窓はちゃんと閉めてるよ。

まあ、はやる気持ちはわかるけど、ちょっと落ち着いて聞いてほしい。

仕事の関係で北欧に行ったときのことだ。合間に時間ができたから、おれは町を散策してみることにしたんだよ。

暖かい土地で生まれ育った身にとっては、雪に包まれた町というのはとても新鮮なものだった。

樅《もみ》の木に積もった雪を眺めてるだけで心が躍《おど》ったし、まだ誰も踏みしめてない路肩の雪を見つけるたびに、子供みたいに足跡をつけて回って遊んだりした。

北欧の冬の寒さはすごくてね。渡欧前はちょっと大げさかなと思ってた冬の装備でも間に合わなくて、おれは現地でコートを調達するはめになった。寒さはブーツの中にもしみこんで、厚いウールをものともしない。外を歩いてるだけで、すぐさま足はかじかんだ。

忍び寄る寒さに音《ね》をあげて、そろそろホテルに引きあげようかと思っていた矢先のことだった。

なにげなく曲がった道の先、ろくに雪かきもされてない狭い路地の奥に、ひっそりと光るランプの灯《あか》りが見えたんだ。ランプの中では蠟燭《ろうそく》らしきものが緑色に揺らめいていて、なんとなく神秘的なものを感じさせた。老いた魔女でも住んでいそうな雰囲気に、おれは導かれるようにして路地の奥へと入って行った。

店先には、凍《こお》った雪に覆われて文字も読めなくなった看板のほかにはショーウィンドウもなくて、ただ「ＯＰＥＮ」とだけ書かれた木切れが扉にかかっていた。カフェだろうかと見当をつけて入ったおれを待っていたのは、とびきり美しい色彩の諧調《かいちょう》だった。

店の中には、ロールに巻かれたたくさんの生地が所狭しと並べられていた。そう、その店は北欧テキスタイルを扱う生地屋さんだったんだ。

生地の美しさに見惚《みと》れていると店の奥から小太りのおばさんが現れて、土地のものらしき言葉で話しかけられた。理解できずに苦笑を浮かべるおれのことを豪快に笑い飛ばすと、おばさんは片ことの英語に切り替えてくれた。

「何かあったら、言ってちょうだい」

そう言って椅子に腰を下ろすおばさんを見守ってから、おれはひとつひとつ、ロールを引っぱって生地を順番に眺めはじめた。

自然をあしらったシンプルな模様に、北欧テキスタイル独特の鮮やかな色づかい。小物を仕立ててもよし、下手にいじらずカバーなんかにしてもよし。何だって生みだせてしまいそうな生地たちに、おれは想像力を存分にかきたてられた。

と、店内を見て回っているときだった。ふと、店の奥まったところにひとつだけ、ほかとはまったく違った雰囲気を放つ生地があることに気がついた。おれはそれに一瞬で釘《くぎ》づけになってしまって、迷わずそちらに近づいた。

その生地は、目も覚めるようなとびきりの代物だった。

北欧独特のデフォルメされた模様は、そこにはなかった。あるのは、美しい色合いのみ。そして問題は、その色だった。

かすかに発光色を帯びた鮮やかな緑の生地は、信じられないことに絶えず変化をしてたんだ。淡くなったり濃くなったり、ときおり透《す》けたりしながら、おれの見ている目の前で次々と風合いを変えていく。まるで本物のオーロラを眺めているかのような気分になった。ロールから少し飛びでた生地の端は優雅に風に舞っていて、それがいっそう美しさを際立《きわだ》たせる。

でも、と、そこでおれは首をかしげた。よく考えてみると、おかしなことに気がついた。というのが、部屋を見渡しても窓はぴったり閉まっていて、風なんて吹いてやしなかったんだよ。なのにどうして生地が揺れてるんだろうって、不思議に思った。

「それが気に入ったの？」

振り返ると、おばさんがこちらにやってくるところだった。

「これ、何なんですか……？」

おれは思わず尋ねていた。

「オーロラ」

彼女は一言、そう口にした。

その言葉に、おれはリアクションに困ってしまった。たしかに生地はオーロラそっくりだった。けれど、それはあくまで似てるってだけの話だったし、でもその一方で、目の前の輝く布は本物のオーロラのように見えるのも間違いない……。

弱り果てて再び苦笑を浮かべるおれの心情を察してくれたのか、おばさんは言った。

「この生地は特別製でね、作り方からほかとはまったく違うものなの」

おばさんは、大切そうに生地を撫《な》でた。

「作り方……？」

「そう、とにかく手間がかかるのよ。いまじゃ作り手もずいぶん減ってしまったけど、この地域の伝統的な生地でねぇ。

大きな白布を用意することから、生地づくりははじまるの。そしてその布を氷の張った湖の真ん中に持ちだして、天高く舞うオーロラのもとにさらしてあげる。冬のあいだ中、ずうっとね。

すると冬が終わるころ、布の表面にうっすら光る膜が張る。生地誕生の瞬間ね。

さらに日がたつにつれて、それはすっかりオーロラ色へと染まり切る。次に布の表面――オーロラの膜を慎重に剝《は》がして分離させて、さらに何日間か外に置く。そうしてできるのが、この生地なの。

まあ、言葉にすれば簡単そうに聞こえるけど、これがとにかく大変で。たとえば太陽風――オーロラのできる元になる太陽の活動の具合によっては厚みにムラができたりしちゃうから、熟練した技術が求められるの。そういうこともあって、今では廃《すた》れつつある文化でね」

嘘《うそ》のような話だったけど、彼女の目はまっすぐこちらを見つめていた。

「……売り物なんですか？」

切りだすと、おばさんは胸を張った。

「もちろん」

その言葉を待つまでもなく、おれは何が何でも譲ってもらわねばと心に決めてた。だから、迷うことなくすぐさま生地をオーダーしたよ。これだけあれば、大抵のものは繕《つくろ》える。そう思いながら帰国の途についたんだ。

ただ、家に帰ると生地の使い道にずいぶん頭を悩ませた。せっかくの素材にへたに手を入れるのはもったいないような気もしはじめて、かといって、単なる埃《ほこり》よけのカバーにするのもつまらない……。

いろいろ考えて最終的にたどりついた結論が、カーテンを仕立てることだった。そうしておれは、その作業に取りかかったというわけなんだ。

うちのカーテンが風もないのに揺れてるのには、そういう経緯があってね。オーロラ製なんだから、そうなるのも自然だろ？　このカーテンを見てるだけで、部屋に居ながらにして本物さながらの北欧の夜空が楽しめる。これ以上の贅沢《ぜいたく》はないよ。ちなみにね、太陽風の強い日にはカーテンの輝きはいっそう増して、はためき方も激しくなる。それに加えて浮力を得たカーテンは宙へと浮かびだすものだから、つかまってればどこまでだって昇っていけるに違いない——。

それで、そう。こっちのことも話さないとだ。

察しの通り、じつはこの服——この緑色のカーディガンも、オーロラと大いに関係しててね。

いや、生地は全部カーテンに使ったから、余りで作ったわけじゃない。こっちは偶然の産物で。もともとは、ただの白い服だったんだ。

早い話が、色移り。カーテンと一緒に洗濯してからこうなって。

はためくカーディガンだなんて、天女の羽衣《はごろも》みたいだろ？
ちなみにこれを着てると、おもしろいことも起こるんだ。
太陽風の強い日には、身体《からだ》だって一緒に宙に浮かんでね。

理屈を
こねる

ひとりで車を走らせていると、路肩の幟《のぼり》が目に入った。

陶芸体験。

その言葉に惹《ひ》かれた私は車を寄せた。

せっかく妻から逃れてはるばる遠くに来たのだから、普段とは違うことでもやって、むしゃくしゃする気分を晴らそう。そんなことを思ったのだ。

入ってすぐのフロアには、大小様々な陶器がずらりと並べられていた。ワゴンに入っているものから、ガラスケースで厳重に保管されているものまである。高いものだと目を疑うような高額が書かれてあって、いったいこの器のどこがそんなにいいのかと思いつつ、私は広い店内を彷徨《さまよ》った。

ようやく体験コーナーと書かれた看板を見つけ、歩み寄った。受付カウンターでしばらく待機していると、事務員らしき男が現れた。

「見学ですか？　体験ですか？」

その言葉に、私は会話をつなぐ雑談程度に何気なく言った。

「陶芸体験という文言を見て寄ってみたんですが、見学もできるんですねぇ」

すると事務員は、じつにめんどくさそうに答えた。

「なんだ、そんなことも知らずに来たんですか。うちは陶芸作家が実際に作品をつくっているところを見学することができましてね」

むしゃくしゃしているところにイラつく口調だったが、私はぐっと我慢した。

「じゃあ、せっかくなので、見学もさせてもらおうかな。こういうのを見るのは初めてなんですよ」

「そうですか。じゃあ、こっちにどうぞ」

事務員に連れられて入った部屋では、男が床に座って何かをしていた。

「彼は売れっ子作家のひとりでしてね。ちょうどこれから作品をつくるところなので、見てるといいですよ」

「作家って、あの人が陶芸をやるんですか？」

私は思わず声をあげた。それというのも、男の格好《かっこう》が妙だったのだ。

素足に紺色の甚兵衛《じんべえ》のような作業服。頭にタオルを巻いていて、あごには豊かな白いひげを蓄えている……そういう姿を想像していた。

ところが、男はスーツ姿なのだった。

「……あの、いま彼は何をやっているんでしょうか」

「陶芸に決まってるじゃないですか」

「陶芸……？」

私はまたもや首をかしげた。

その男は、何かをこねる動作をひたすら繰り返していた。それが土をこねているのなら、疑問をさしはさむ余地などない。が、あろうことか、男は何もない空間をひたすらこねまわしているのだった。まるでパントマイムを見ているかのようで、汗を流しながら作業に励む男の姿は滑稽でさえあった。

「……なるほど、きたるべき本番に備えて、イメージトレーニングをしているわけですね」

私はようやく合点がいった。

しかし、事務員は溜息《ためいき》混じりに口を開いた。

「あなたも頓珍漢《とんちんかん》なことを言いますねぇ。あれは素材をこねているんです」

「素材……?」

でも、と、私はつづける。

「何もないじゃないですか」

「いまは見えないだけですよ」

「どういうことでしょう……」

事務員は、やれやれと首を振った。そして、説明してくれるのかと思いきや、見れば分かるだろうと言わんばかりに前を向いたまま黙ってしまった。

私は感じの悪い態度にむっとしながらも、男が空気をこねくりまわしているのを見守った。

「あれっ」

しばらくたって、我が目を疑うべき事態が起こった。

透明だったはずの男の手元のあたりに、何かが浮かびあがってきたのだった。そしてそれは、みるみるうちに濃くなって、やがて土のような茶色い物体に様変わりした。

目の前に現れたのはまさしく見慣れた陶芸の光景そのもので、私は尋ねずにはいられなかった。

「どうして急に物体が現れたんですか？　何ですか、あれは」

事務員は告げた。

「理屈ですよ」

「はい？」

「だから、理屈ですよ、理屈。理屈くらい知ってるでしょう？」

事務員は、だるそうに言う。

「理屈って、あの……？」

予想だにしない言葉に、一瞬、何の話をしていたか分からなくなった。

「ほかにどんな理屈がありますか？」

「……ということは、あの人は理屈をこねているんでしょうか」

「だから、そうだと言っているじゃありませんか」

私の頭はなかなか理解が追いついてくれなかった。

理屈をこねているだって？　ここは、土をこねて陶器をつくる場所ではなかったのか？

「たしかに慣用的に、理屈をこねる、とは言いますが……」

そもそも理屈とは、現実にこねられるものなのか？

「もしかしてここに陳列されている商品も、ぜんぶ理屈で……？」

「はい」

事務員は平然と答えた。

そうなると、反論の余地は残されていない。

「あ、まさか」

私はピンと来て言った。

「だからスーツ姿なんですか？」

「そうですよ。ラフな格好よりも、あのほうが理屈はずっとこねやすいですからね」

「なるほど……あの、いったいどこであんな妙な素材――理屈を……？」

質問が次々と溢《あふ》れてくる。

事務員はそんな私に諦《あきら》めた様子で説明した。

「たとえば、正当化のために説明ばかりしてくる人。何をするにもいちいち理由を求めてくる人。やたらと分析したがる人。理屈は、そういう理屈っぽい人の家のなかに眠っているんですよ。我々はそれを見つけて採取してこないといけないわけですが、これがなかなか大変な作業でしてね。そういう人間のだいたいが嫌なやつで、話をしているだけで不愉快になりますから」

それを聞き、私の頭に突然、妻の言葉がよみがえった。

——あんたは理屈ばっかりだからダメなのよ——

同時に、腹立たしさも戻ってきた。

妻は口を開けば同じことばかりを繰り返す。せっかく気分を変えに外に出たのに、こういう形でフラッシュバックに苛《さいな》まれるとは思わなかった。

じつにおもしろくない。むしゃくしゃする。

「別に、理屈っぽい人が嫌な人だとは思わないですけどね」

ささやかな抵抗を試みる。

が、私の言葉を事務員は無視して言った。

「ほら、色が定着するまでこねあげたら、今度は形をつくっていく工程ですよ」

男はこねた理屈を持ちあげて、轆轤《ろくろ》の上に設置した。電源を入れると、理屈はくるくる回りはじめる。私の見ている目の前で、あっという間に器の形ができあがった。

次に男は轆轤から器を取り外すと、道具を駆使してきれいな模様を描いていった。へらで形を調整してから光にかざし、片目をつぶってたしかめる。

満足したのか、男は棚の作品群にそれを加えた。

事務員は言った。

「いまのは量産向きのやり方ですが、手びねりでつくることもありますよ。芸術志向の強い作品なんかは、だいたいが手びねりです」

「芸術志向……それじゃあ、これの品評会なんかも開かれているんでしょうか」

「もちろんですよ。良いものには買い手がつく。当然の原理です」

私は、ずらりと焼き物が並んだ会場を想像してみた。画《え》としてはよく見る光景だが、並ぶものすべてが理屈でできているとなっては印象がずいぶん違ってくる。

「このあとは、場合によっては絵を入れて、それから釉薬《うわぐすり》を塗って窯《かま》に入れ、三日三晩焼いてやれば完成です。

さあ、説明はもういいですか。お客さんは体験しに来たんでしょう?」

そうだったと思いだす。

「どのコースにしますかね。理屈をこねるところからはじめるコース、絵付けだけのコース、それによって値段も変わりますが」

「ははあ、絵付けなんかもできるんですねぇ」

「ま、あまり人気は高くありませんがね。人のこねた理屈に装飾するのでは、おもしろくないんでしょう」

私は少し考えて、言った。

「では、こねるコースでお願いします」

やってみると、初めは空気を相手に何をやっているのだろうと滑稽に感じた。しかし次第に手先に感覚が出はじめて、楽しくなってきた。

時間をかけて私がつくりあげたのは、湯呑《ゆのみ》だった。

我ながら味のある一品ができたなと、むしゃくしゃした気分もいつの間にか消え去って満足していた。

湯呑は窯で焼かれて、忘れたころに家に届いた。

妻がさっそく、目ざとく見つけた。

「なによそれ」

私は大いに胸を張る。

「理屈でつくった湯呑だよ。どうだ、おれの理屈も少しは役に立つだろう」

しかし、妻の反応は芳《かんば》しいものではなかった。

「なに言ってんの。またしょうもないものに手を出して。どうせすぐに飽きるんでしょ。それよりちょっと、机の上を片づけてよ。もうすぐ夕食なんだから」

私は瞬間的に反論する。

「うるさいなぁ。これはいるやつなんだよ。それにな、いいか、そもそも机というのは雑多にしてるからいいんだよ。アイデアを得るために必須なんだ。片付けなんかしたら頭がすっからかんになって、何も浮かんできやしない」

こねこね。

「どうでもいいから、やっといてよね」

「これだよ。ほんと何も分かってないんだからなぁ」

私は食事をつくる妻を尻目に、憂さ晴らしに一服しようと、さっそく湯呑にお茶を注《つ》いだ。

ところがだ。

あろうことか、お茶がもれてくるではないか。

慌てて見ると、湯呑にはたくさんヒビが入っていた。

妻がすぐに見つけて口を開く。

「ふーん、その湯呑、たしかにあんたの理屈とおんなじね」

そしてつづける。

「穴ばっかり」

シャルトルの蝶

フランス北部の町、シャルトルには、世界遺産の大聖堂が存在する。

男がその場所を訪れたのは、二十歳を少し過ぎたくらいのころである。

当時、彼は、あてもなくヨーロッパを彷徨《さまよ》っていた。現地で稼いだ小金を食いつぶしながら、その日暮らしのような生活を送っていた。

男は、人生に意味を見出《みいだ》せないでいた。これといって、やりたいと思えることはない。若者特有の焦燥感に駆《か》られることもなければ、漠然とした期待感も抱いていない。ただただ無風の毎日であった。

そんな日々が少しでも変われればと、何となく渡欧して数か月。

人は旅の中で物思いに耽《ふけ》ったり、新たな刺激に感化されたりし、人生を見つめ直す機会を得る。しかし男の場合、そういったこととは無縁だった。有名な建築や美術作品は、男を触発するに至らなかった。食に目覚めることもなく、ずっと期待外れの旅がつづいていた。

だからシャルトルを訪れたのも、明確な理由があったわけではなかった。パリから鉄道で行くことができる観光地のひとつ。その程度の知識だけで、男は駅にひとり降り立ったのだった。

町を散策していると、いつしか大きな建築物の前に出た。グレーの尖塔《せんとう》が印象的な建物だった。どうやら歴史のあるものらしく、地元の人や観光客たちに混じり、男はふらりと扉の中に入っていった。

そしてこれが、男の人生の転機となる。

彼を待ち受けていたのは、圧倒的な青の世界――。

まるで海の底に潜りこんだかのような光景に、男は呆然《ぼうぜん》と立ち尽くした。

青い光の源は、天井近くの壁にあった。

ステンドグラス。

それを通して入る陽《ひ》は、荘厳な深い青を聖堂内に落としていた。

男は、一面に張りめぐらされた青を見上げながら、居ても立ってもいられなくなった。そんな感覚に襲われたのは、生まれてこのかた初めてだった。胸がざわつき、高鳴る鼓動が耳の奥から聞こえてくる。

このとき、ある決意が男の中で固まった。それは突然のことだったが、なぜだか、揺るぎない何かをしっかり摑《つか》んだという確信があった。

自分はガラス職人になる。

そして、これと同じステンドグラスをこの手でつくりあげるのだ――。

彼はそれから毎日、大聖堂を訪れては、ステンドグラスを目に焼きつけた。写真には収まり切らない生《なま》の色を、しっかりと心に刻みつけねばならないと考えてのことだった。

持ち金が底をつくギリギリまで滞在し、男はシャルトルを後にした。

衝動に突き動かされるまま、男は飛行機に飛び乗った。

放浪の旅は、ここに終わりを迎えたのである。

帰国すると、いろいろなガラス工房を訪ね歩いた。

が、大抵の場合は、それとなく断られた。熱に浮かされたような様子の男は、いつ気が変わり辞めていくとも知れないと、敬遠されることが多かったのだ。

男は男で、本当に身を委《ゆだ》ねるべき工房はどこなのか、見極めかねていた。あの青を求めるのに、ふさわしい場所はどこか。その判断がつけば、少々相手に苦い顔をされようとも、熱意で押し通せる自信はある。彼は各地の工房を手当たり次第に訪ねつつも、ピンとくる工房を辛抱強く探して回った。

やがて、男はある噂《うわさ》を耳にする。独特の青いガラスを生みだす老夫婦が、地方にいるというのである。

これだと、彼は直感した。

男はすぐに老夫婦のもとを訪れて、自分を置いてほしいと頼みこんだ。

幸いにも、彼らは我が孫のように男をすんなり受け入れてくれた。

こうして男は、職人としての道を歩みはじめたのであった。

仕事の基本ができるようになるまでに、数年の歳月を要した。

老夫婦は、ガラスの細工や風鈴、器などをつくって暮らしていた。ときにはステンドグラスの仕事を受注することもあった。そのすべてが男にとっては新鮮であり、できることが増えるにつれて楽しさも増していった。老夫婦も穏やかで優しく、工房は彼にとってかけがえのない場所となった。ただ、老夫婦——特に夫である老人がなぜ青いガラスにこだわるのか、それだけは明らかにならなかった。理由を聞いても曖昧な笑みが返ってくるだけで、そのうち男も尋ねることをやめてしまった。

毎日は慌ただしく過ぎていった。

けれど、そんな日々の中でも、男の頭からシャルトルで見た青いステンドグラスが消えることはなかった。

工房でつくられるガラスは、噂の通り青を基調としたものばかりであった。そしてそのどれもが独特で、美しかった。しかし、シャルトルで見た青と比べると、やはり何かがちがう気がするのだ。

彼はその微妙な差を追い求め、仕事の合間を縫ってガラスの着色技術について研究した。

師である老人から声を掛けられたのは、そんなある日のことである。

仕事を終えて、ひとり作業場に残りガラスをいじっていたときだった。

「きみは、青いガラスがそんなに好きなのかな?」

老人は、彼が寝る間も惜しんで研究に没頭しているのを知っていた。

男は答えに窮《きゅう》した。不意に話しかけられたということもあったが、自分の持つ執着心が意固地な子供のものみたいに思えてきて、急に恥ずかしくもなっていた。

だが、彼は老夫婦のことを信頼していた。たしかな腕に加えて、家族のように誰にでも接する気さくな人柄。多くの人から慕《した》われるのに、それでいて、人の事情に土足で踏みこんだりは決してしない紳士的な生き方。老夫婦は、男の来歴や職人を目指すに至った経緯なども、一切、尋ねたことはなかったのだった。

恥ずかしさが過ぎ去ると、男はむしろ、老人に話を聞いてもらいたくなった。

「……昔、シャルトルという町で、ステンドグラスを見たんです」

彼はすべてを打ち明けた。目的もなく彷徨いつづけていた日々のこと。フランスで、ふらりと降り立った町のこと。人生を決定づけた、あの青いガラスのこと。

聞き終えると、老人はそっと、呟《つぶや》くように言った。

「シャルトル・ブルー」

男はすぐさま老人に尋ねた。

「シャルトル……ブルー？」

老人は、男の目を見据《す》えて言った。

「あの町の、あのステンドグラスの青のことを、人はそう呼ぶんだよ」

しばしの沈黙のあと、老人はつづけた。

「あのガラスに魅入《みい》られる者は、じつに多い。いや、取り憑《つ》かれると言ったほうが適切かな。中には、あの青を追い求めて他のことが手につかなくなる者もいるほどだからね。かく言う私も、そのひとりだった。若いころは、シャルトル・ブルーの虜《とりこ》になったものだよ」

初めて聞く話に、男はいろいろな衝撃を覚えていた。

「シャルトル・ブルーは、再現するのがほとんど不可能と言われている色でね。いまでは、あれがつくられた昔に比べて技術はずいぶん進歩したはずなのに、なぜだか再現できないんだ。私も様々な技法を駆使して、あの色を出そうと試みた。が、何度やってもダメだった」

「それじゃあ、いまでも挑戦を……？」

老人は、穏やかに首を振った。

「私の場合は賢明な妻が隣にいた。だから、幸か不幸か、取り憑かれて引き返せなくなる前に諦《あきら》める道を選択できた。その代わり、シャルトル・ブルーとは別の、独自の魅力をもった青いガラスを二人で追求しようと決めてね。それで、いまの私たちがあるんだよ」

だから、きみの気持ちもよく分かる、と老人は言った。

「だが、大切なことが、ひとつある。いまのやり方では、あの色に到達することは絶対にできないということだ。あれはふつうのガラスとは、つくり方がまるでちがう。シャルトル・ブルーには、隠された秘密が存在するんだ」

老人は語った。

その事実を知ったのは、ずいぶん年をとってからのことだった。

ある商談で、シャルトル出身の職人と一緒になる機会があった。契約も無事にまとまって、老人は職人と夜の街に繰りだした。

何軒か飲み歩いている中で、ふと、何かの拍子でシャルトル・ブルーのことが話題に上った。老人はいつか見た大聖堂の青を絶賛し、真似《まね》しようと試みた若いころの思い出話を職人に喋《しゃべ》った。

職人は我が町のことを褒《ほ》められて、えらく上機嫌になっていた。そこに酒の勢いも加わったのか、突然、こんなことを言いだしたのだという。

「シャルトル・ブルーは、蝶《ちょう》からつくられているんですよ」

老人は最初、冗談でも言っているのだろうと笑って流した。

が、職人の目は酔いの中でもまっすぐこちらを見据えていて、だんだん本気であることが分かってきた。

職人は語った。

かつて、シャルトルの森には変わった蝶が棲《す》んでいた。それは翅《はね》が青いガラスでできた蝶で、光の中、鮮やかな影を振りまきながら優雅に飛翔《ひしょう》していたのだという。ただ、その翅はとても脆《もろ》く、ちょっとした衝撃で割れてしまう。ゆえに個体数はごくごく少なく、めったに目撃できなかった。いつしか人々は、それに「シャルトルの蝶」という呼び名をつけた。

その蝶が大量に発生したのが、数百年前だ。

時の王は、蝶の採集を民に命じたのだという。そして集めた蝶を炉《ろ》に投じ、拵《こしら》えたガラスの板で聖堂を飾った。

かのステンドグラスは、こうして誕生したのである。

だが同時に、シャルトルの蝶も絶滅した。以来、蝶を見た者は誰もおらず、シャルトル・ブルーのステンドグラスは現存するものだけとなった……。

これこそがシャルトルに残る言い伝えだと、職人は言った。

老人はその不思議な話に、妙に納得させられたという。ふつうのガラスでは到底だせない、あのブルー。そんな逸話でもない限り、あの色を説明することはできないとさえ思ったほどだった。

老人が唸《うな》っていると、しかし、と、職人はさらにつづけた。

「じつは、この話は表向きのものでしてね」

半分は真実だが残りは用意された作り話で、本当は、いまもシャルトルの蝶は森の秘境にひっそり生息しているのだ……。

職人は言った。現代では、シャルトル・ブルーの再現が「ほとんど不可能」とされている理由はここにある、と。「絶対」ではなく、「ほとんど」なのだ。つまり、例外が存在する。

ときどき世に出回る、シャルトル・ブルーを再現したという代物。それは、シャルトルの職人にだけ伝わる秘密の場所で、決められた数の蝶を採集してつくられたものなのだ。

シャルトルの蝶は、絶滅などしていやしない。

職人は、そう誇らしげに言ったらしい。

「そのとき、酔っ払った職人が、こんなものを見せてきた」

老人は懐から何かを取りだし、男に見せた。

それは石のようなものだった。

「話によると、これはシャルトルの蝶に関連するものらしくてね」

男は黙って、つづきを待つ。

「蝶のサナギだというんだよ」

驚くとともに、彼はなるほどと思った。卵型のそれは、たしかにサナギのように見えなくもなかったのだ。

「その職人はね、酔っ払った勢いもあったのか、これを売ってもいいと言ってきた。私は衝動に抗《あらが》うことができなかった」

老人は相手を疑いつつも、若かりしころの夢がよみがえり、思わず言い値で買ってしまったのだと言った。

だが、と、老人はつづけた。

「これを羽化させる気は、ついに湧いてこなかった」

一夜明け、老人は改めて冷静になって考えた。すると、罪悪感が芽生えてきた。

もし羽化に成功しても、ステンドグラスをつくるためには蝶を殺さなければならないのだ。いや、シャルトル・ブルーを堪能《たんのう》するだけならば、何も蝶を殺さずとも、生かしたまま翅を眺めるだけで十分だろう。が、蝶を目にしてしまったあとで、ちゃんと自制心が働くだろうか。

国宝のひとつに、玉虫の翅で装飾を施《ほどこ》した仏具が存在する。

自分は、究極の美を探求すべきか、ひとつの生命にこだわるべきか。

老人は思い悩んだ末に、後者を選択したのだと言った。

「だからこうして、いままで大切にとっておいたんだ」

けれど、と、老人は男の手にそのサナギを握らせた。

「これはもう、私には必要のないものだ。自分にしか出せない独自の青も、すでに確立したことだしね。これは、きみに託《たく》すよ。自由にしていい」

男が口を開く前に、老人は制した。

「いやいや、いいんだ。何も言わずに受け取ってほしい。ただし、このサナギの話は妻のやつは何も知らなくてね。内緒で頼むよ」

老人は静かに言うと、その場を去った。

男は、手元のサナギをまじまじ見つめた。

シャルトル・ブルー。

夢にまで見た憧れのものが、いま、自分の手の中に収まっている……。

男はぶるっと身震いをした。

そして、自分の心と向き合った。このサナギを、どうすべきか。老人の言葉を受けてなお、自分はあの青を追い求めるべきなのか……。

逡巡《しゅんじゅん》したのち、男は決めた――。

サナギを羽化させる方法を、老人は教えてくれはしなかった。

だが、手にしていると、どうすべきかは直感的に理解できた。

男は一直線に炉に向かった。

そして灼熱《しゃくねつ》の中にサナギを放った。

しばらく彼は、真っ赤な炎を息を止めて見つめていた。

男のやり方は間違っていて、一瞬にしてサナギは灰と化してしまう。その可能性も、十分に考えられたからだ。

だが、すぐに男は高揚感に包まれた。

炎の中に、影がよぎったのである。

——シャルトルの蝶——

男は息を詰めて見守った。

蝶は真っ赤に輝きながら炉から出てきた。

周囲の温度がぐっと上がり、じりじりと熱が肌に刺さる。

羽化したばかりの蝶は、ブルーとは程遠かった。

が、いま男の目の前で、たしかに蝶がぎこちなく翅を上下させているのである。

捕まえて、ステンドグラスにしてしまいたい。そんな衝動が駆け抜ける。

いや、一匹をガラスに変えたところで——。

葛藤の最中にも、蝶の翅は次第に空気をとらえだす。そして、ふわりと宙に浮かびあがる。

鱗粉《りんぷん》のごとく火の粉をパチパチと撒《ま》き散らしながら、そいつは吸い寄せられるようにふらふらと窓のほうへと飛んでいく。

ぶつかってしまうと思った、そのときだった。

男は、あっと声をあげた。

蝶が、ぺたりと窓に張りついてしまったのだ。
そしてそのまま固着して、微動だにしなくなった。
だんだん色が変わりはじめる。
赤から褐色へ。そして褐色から——。

やがて現れた光景に、男は釘《くぎ》づけになっていた。
月光に貫かれて輝くは、蝶の形の青いステンドグラスであった。

火の地

「それはわしらに、貴重な栄養をもたらしてくれるものでなぁ」

突然うしろから声を掛けられ、おれはびくっと反応した。口に含んだものを呑《の》みこんで、持っていたものをぱっと手放す。

「ほほほ、そんなに慌てんでもええ」

立っていたのは、老人だった。

咄嗟《とっさ》に取り繕《つくろ》おうとしたけれど、そんなおれを彼は制した。

「いやいや、別に咎《とが》めやせんよ。好奇心というのは抑えるのが難しいものだからなぁ」

その言葉に、すべて見られていたのだなと観念した。

「すみません、つい出来心で……」

「まあ、ここはわしの土地でもないし、まったくもって気にする必要はありゃあせん」

老人は怪しげな笑みを浮かべている。

奇妙な噂話《うわさばなし》を聞いたのは、ある村を調査しているときだった。村の風習について聞きこみをしている最中に、おれは気になることを耳にした。

村の横からつづく道。その先は、いったいどこにつながっているのか。

単なる思いつき程度に、ふと、村の人に尋ねてみた。すると、それまで饒舌《じょうぜつ》だったその人は、なぜだか急に黙ってしまった。これは何かあるなと直感してしつこく聞くと、やがて彼はぽつりと言った。

「この先には昔から、火の土地と呼ばれる村がありまして……」

恐る恐る、村人はつづける。

「神聖な場所ですし、神隠しにあうこともあるので、足を踏み入れないようにしているんです」

話を聞くなり、おれの心は大きく躍《おど》った。もしかすると、俗世から隔離された場所だろうか。だとしたら、変わった文化と出合える可能性がとても高い……。

「近づかないほうが身のためですよ」

村人からの忠告は見事に逆の効果をもたらして、いまおれは、くだんの村にいるのだった。

老人は、興味ありげな目つきで言った。

「ほほほ、見たところ、学者先生といったところかな。おおむね、下界のもんから何かを聞いてやってきたというところだろう。ちがうかな？」

おれは、おずおず頷《うなず》いた。

「ええ……なんでも、火にまつわる土地があるということで……」

「なるほど、それで興味を持ったというわけか。まあ、そうだな。わしらの村は火と深く関係しておる。まさしく目の前のそれが、そうなんだが」

言われておれは、視線を向ける。

村に入ってすぐに飛びこんできた光景。それは、目を疑うようなものだった。

火の海。

そう呼ぶにふさわしいほど、一面が真っ赤に染まっていたのだ。あたりは熱気に包まれて、じりじりと顔が灼《や》けるような感じがした。

一瞬おれは、山火事かと思った。

だが、立ち尽くしているうちに、おかしなことに気がついた。たしかに景色は燃えるように輝いている。ただ、よく見ると燃えているわけではなく、赤い色がゆらゆらと揺れ動いているだけだった。それも自然のものというよりは、人工的に区分けされた土地の中で……。

熱気に照らされながら、おれはそちらに近づいてみた。そして、ますますもって首をかしげた。揺れ動く赤いそれは何かが集まってできているらしいと分かったが、そのひとつひとつは草のような代物で、先端には稲穂《いなほ》のような赤いものがたわわにみのっていたのだった。

しゃがみこんで、穂を突いた。火傷《やけど》の心配はなさそうなので、思い切ってつかんで、ちぎる。

やっぱり稲に似ているな。そう思いながら観察しているところに、いきなり声を掛けられたのだ。

「これは火種というものでなぁ」

老人は、赤い穂を撫《な》でながら言った。

「はあ、火種……」

おれの頭に、藁《わら》の奥で燻《くすぶ》っている赤い粒が浮かんできた。

「……というと、火を起こすときの、あれでしょうか」

「見た目は近いが、それとは似て非なるものだ。これはな、その名の通り、火が生える前の火の種なんだよ」

「生えるって……火がですか？」

まさかと思って聞いてみた。

しかし老人は、すぐさま頷く。

「ああ、そうだ。わしらはここで、火を育てておるんだよ」

彼は不可解な笑みを浮かべたままで、語りはじめた。


わしらの仕事は春先に、前の年に収穫した古い火種を蒔《ま》くところからはじまってなぁ。

火種はな、砕けばそのうち火になるんだが、それでは穂はみのらずに、時間がたてば消えてしまう。だから、育苗箱《いくびょう》で丁寧に育ててやらねばならんのだ。

毎日、土に温かい風を当てつづけると、一カ月ほどで育苗小屋は変化のきざしを見せはじめる。温度がだんだん上がりだして、じわりと汗をかくようになり、しばらくすると芽が出るんだ。ちょろちょろとした、赤い赤い火の芽がな。

さらに十日ほどがたつころには、小屋の中は真っ赤な絨毯《じゅうたん》で満たされる。そうなると、今度は田んぼに植え替えてやるというわけなんだが、これがずいぶん腰の折れる作業でなぁ。

生まれたての火は繊細だから、稲のように機械でどんどん植えていくわけにはいかんのだ。厚手の作業手袋を身につけて、ひと株ずつ、土ごとすくって植えていく。長い時間、かがんだまま作業をせんといかんし、湯のように熱くなった田んぼの中での作業になるから、体力勝負の仕事なんだ。おまけに服や髪に火が移らないよう、細心の注意を払わんといかん。そんなだから、最近では跡を継ぎたがらん若者が多くてな。やつらを説得するのもまた、腰が折れる作業なんだが……まあ、それはええとして。

田植えが終わると、村は幻想的な光景に包まれる。そこかしこでたくさんの火が揺れ動いて、あたりを赤く照らしてなぁ。夜になると火はますます際立って、村全体にくっきりとした影を生みだす。わしらは窓を開け放ち、ほのかな熱を感じながら酒を傾け合ったりするわけだ。酔いが回ると身体《からだ》が火照り、全身の血がめぐりだす。すると自分の身体も燃えているような気になって、火と同化したかと錯覚したりするからおもしろい。

やがて夏が訪れて、台風の季節がやってくる。

火の栽培では周りに生える雑草も、寄ってくる虫も、勝手に燃えてくれるから手入れがずいぶんラクなんだが、一番の大敵がこの台風でな。ひどいのに当たると、多くの火が掻《か》き消されてしまうんだ。これだけは天に祈るよりほかはない。

だが、台風を乗りこえた火はとても強く、丈夫に育つ。そしてやがてはみのりに向けて姿が変化していって、稲のような細長い形をとりはじめる。色も赤から青へと変わっていき、夏の残暑と相まって村は猛暑に襲われてな。

それに耐えれば、ようやくみのりの季節の到来だ。すっかり細くなった火の先っぽには丸くて硬い小さな火種がたわわになって、こうべを垂れるようになる。わしらは山の水でよぉく冷やした鎌を持って、順々に火を刈っていく。それを脱穀機で取りわければ、収穫作業の完了というわけだ。

とれた火種の一部は次の種蒔《たねま》きのために保管しておくんだが、この村は、そうして遥《はる》か昔から世代を超えて火を継承してきたわけだ。世で言う聖火というやつも、同じような方法で過去から受け継がれてきたものでなぁ。ギリシャのアテネなんかが有名だが、世界各国、それぞれの土地には固有の火種というのが存在していて、太古から脈々とつづいてきておるんだよ。人類が火を生みだしてから、ずぅっとな。

収穫した残りのものは、いろんなことに利用する。

火種は砕くと火があがるから、料理にはもってこいだ。質の良い火が隅々にまで行き届くから、この火で作った料理は格別にうまくなる。それから、寒い日には袋に入れて持ち運ぶのもいいもんだ。身体の芯までぽかぽかするような温《ぬく》もりは、火種特有のものだろう。

わしらにとって、火種はなくてはならないものだ。そしてその恩恵も、計り知れないほどあるんだよ。

「そうそう、恩恵と言えば」

老人は、さらにつづけた。

「この収穫の季節になると、おもしろいものが手に入ってな。ぜひ、あんたにも食べさせてやりたいんだがなぁ」

「おもしろいもの？　何ですか？」

老人の話を聞くうちに、おれはいつしか全身が汗まみれになっていた。シャツをパタパタさせて、中に空気を送りこむ。思わず袖をまくりながら、彼に尋ねた。

老人は、一拍置いてから口を開く。

「丸焼きだ。スズメのな」

「スズメ……？」

「火種がみのると、それを啄《ついば》みに来るスズメがおるんだよ。口にすれば身体の中で発火して、こんがりといい具合に焼きあがるんだ。ときどき、道端にぽてんと丸焼きが落ちておって、それを拾って食べるのがこのあたりでの習慣でな」

そういえば、と、おれは言う。

「京都のほうではスズメを焼いて食べる習慣が残っていますが、この村は、それに近い文化を持っているというわけですね」

そして、老人の言葉がおれの中でようやく腑《ふ》に落ちた。

「なるほど、だからなんですね。さっき、火種が栄養をもたらすとおっしゃったのは。スズメは滋養があると聞きますからねぇ。さぞかし村の貴重な食料なんでしょう」

地域の風習を研究する上で、食文化は極めて重要な意味を持つ。火を太古から継承しているというこの稀有《けう》な村のことを語るには、スズメという珍味の存在は外せないだろうな。そんなことを考えて、学者心がくすぐられる思いだった。

だが老人は、その考えを打ち消した。

「いやいや、そうじゃあない」

にやりと笑みを浮かべてつづける。

「栄養と言ったのは、スズメではなく別のものだ。それを食すと精力がついて、暑い中でもバテずに収穫作業に臨めるようになってな。火を継承していくために必要不可欠なものなんだ」

「別のもの、といいますと……？」

「何だと思う？」

「さあ……」

首を傾《かし》げるおれを見て、老人の目は急に輝きを帯びた気がした。

「じつは、あんたに声を掛けるのを待ったのも、それと深く関わっていることでなぁ。無理やり勧めるのは、ご法度とされておるもんだから。もちろん、わざわざ時間をかけてしゃべったのもだ。なにせこの村の掟《おきて》では、最初に見つけたもんが食す権利を得られるもんで」

老人は、恍惚《こうこつ》の表情を浮かべている。

おれの中では妙な熱が高まってくる。

「ほほほ、まだピンと来ておらんようだな。火種を口にしてしまうのは、なにもスズメだけではないだろう？　ほらあんた、自分の毛穴を見るとええ。煙があがりはじめておるぞ」

風の町

オランダには、ロッテルダムから十キロほど離れたところに風の町が存在する。

キンデルダイク。

風車で有名な町だ。

おれが風車に憧れるようになったのは、中学生のころまで遡《さかのぼ》る。モネの絵に「オランダのチューリップ畑」という作品があって、画集で偶然見たそれに強く惹《ひ》かれたのだ。

見渡す限りにびっしりと植えられた、赤と黄の鮮やかなチューリップ。その中心に聳《そび》えるは、巨大な風車。柔らかいタッチで描かれた雲は、力強い風を感じさせる。

そしていま、おれは風の町に降り立った。

憧れの地、キンデルダイク――。

視界を遮るものは、何もなかった。どこまでもつづく平地の中に、立派な風車が点在している。ゆっくりと優雅に回る羽とは対照的に、胸の鼓動は激しくなる。

運河の煌《きら》めき。揺れる葦《あし》。

釣り竿《ざお》を持って歩く少年。のんびり泳ぎ去っていくカモ。

おれは逸《はや》る気持ちを抑えながら、風車のひとつに歩み寄った。

近づくと、その迫力に圧倒された。

風を受け、羽はごうごうと轟音《ごうおん》を立てて回っていた。思わず足がすくんでしまい、言葉を失い立ち尽くす――。

存分に景色を楽しんだあと、観光用に開放された風車の中を見学しているときだった。

「Hi」

ガイドの人に声を掛けられ、おれは足を止めてそちらを見やった。

「Are you having fun ?」

楽しんでいますか？

そう言って、ガイドはにっこり微笑《ほほえ》んだ。

おれは微笑み返して、拙《つたな》い英語で返事をする。もちろん、満足していることを。

そして伝える。長年ずっと、風車に憧れてきたことを。この場所に、いかに感銘《かんめい》を受けたかを。

「よくぞ壊さず残しておいてくれたなぁという思いですよ。こんなにたくさんの風車が残っているのは、オランダの中でもこの場所くらいなんですよね？」

「そうなんです」

ガイドは頷《うなず》き、つづけて言った。

「かつてオランダには、一万を超える風車がありました。ですが、いま残っているのは千基ほどのみ。しかも、そのほとんどが国中に散らばっていますから、まとまって見られるのはこの場所だけです」

いろいろと話を聞く中で、ふと、おれはガイドに尋ねてみた。

「風車は、いまも現役で動いているんですか？」

そのときだった。ガイドが意味ありげな笑みを浮かべたのは。

「ええ、実際に役目を果たしています。なにせ、しっかりとこの土地に根づいていますからねぇ」

謎めいた口調で、ガイドはつづける。

「切り離そうと思っても、そう簡単にはいきません」

その言葉に、おれは引っ掛かりを覚えた。

ガイドの言う通り、風車はこうして土地に根づいている。けれど、それにしては、いやに誇張した言い方のように感じたのだ。

おれは風車の知識を思い起こす。

たしか風車は、土地を排水するためにつくられたものだと覚えている。

オランダの国土の四分の一は海面より低く、ポルダーという干拓地が占めている。その干拓地から水を抜くのに必要なのが風車であって、ポンプのように水を汲《く》みあげ、運河に向かって排水する。そうして生みだされたのが、このオランダの土地なのだ。

だから、オランダ人はこんな言葉を口にする。

――世界は神がつくったけれど、オランダはオランダ人がつくったものだ――

そこには、オランダの地は自分たちで切り拓《ひら》いたのだという自負が宿っている。

聞くたびに、おれはかっこいいなぁと思うのだ。

だから、風車とオランダは切っても切り離せないものだというのは理解できる。

が、ガイドの言葉の真意は、そういうことではないような気がした。

「あの……現役で使われているというのは、排水をするため、ですよね？」

おれは、なんだか自分の知識が不安になってきて尋ねた。

含みをもたせるような間のあとで、ガイドは言った。

「それもあります」

そして一瞬の沈黙のあと、ガイドは再び口を開いた。

「But, it's not just that」

「それだけじゃない？」

おれは首を傾《かし》げざるを得なかった。

「と言いますと……？」

すっかり困惑していると、じつは、と、ガイドは切りだした。

「一般にはあまり知られていませんが、風車には別の役目もあるんですよ」

「別の……？」

「ええ、土地を留《と》めておく、ということです」

「なんですって？」

ガイドは、秘密を打ち明ける子供のように無邪気な笑顔を見せている。

「たとえば、風車を一本の大きなネジだと思ってもらえると、分かりやすいと思います」

「はあ……」

「風を受けて、羽は同じ方向に絶えず回っているでしょう?」

おれは頷《うなず》く。

「あれはまさにネジを締めるときのドライバーの動きに似ていますが、風車の中心にも、螺旋《らせん》状の溝が刻まれた大きな金属製の柱が取りつけられていましてね。羽が回転すると、どんどんそれが地面に刺さっていく構造になっているんですよ。

柱はほどよい深さにまで到達すると羽から切り離されて、力がかかることはなくなります。そして緩んでくるとまた羽と連結されて、風の力でぎゅっと回され締められる。そうやって、土地を留めているというわけです」

初めて耳にする話に、おれは驚くばかりだった。

「……風車がそんな仕組みになっていただなんて、まったく知りませんでした」

でも、と、おれはつづける。

「土地を留めるというのは、どういう意味ですか？」

「このオランダの地は、排水による干拓でつくられたと思われがちです。ですが、それだけでは豊かな土壌にはならなかった。そこで昔の人たちは厚いシートのような人工の土地を用意して、それを干拓地の上に敷いたんですよ。Artificieel Land、通称ＡＬと呼ばれる人工地です。

単に敷いただけでは、もともとあった大地とのあいだに隙間ができて何かの拍子にぺろりとめくれてしまいます。なので風車を改良して、人工地を大地に留めておく役割を担わせた。まさに風車は、人と自然を融合させる繋《つな》ぎ手となったというわけです。

ちなみに昔は、土地の張り替え作業というのが、ときどき行われていましてね」

「張り替え？」

「敷いた土地が痩《や》せてくると、新しいものに替えるんです。数年に一度、国をあげての大行事だったと聞いています」

「いったい、どうやって……」

「風車の羽を反対向きに変えてやるんです。するとそれは逆に回転しはじめて、やがて柱が抜けましてね。風車はそのまま柱と一緒に宙に浮かぶので、鎖で繋ぎとめておいて、そのあいだに土地を張り替えてしまうんですよ。風車が何基も空を漂う光景は、それはそれは雄大なものだったと聞いています。

もっとも、そんな習慣があったのも、もうずいぶん昔の話です。時代が進むにつれて農業技術も発達して、わざわざ土地を張り替えずとも初めの人工地一枚で豊かな土壌が保てるようになりました。それに伴って、風車の浮かぶ光景も消えていきましてね。

さらに技術が進むと、もはや人工地を使わずとも、排水をするだけで良質な土壌がつくれるようになりました。そして期を同じくして、その排水のほうも機械が担えるようになった。そんな流れの中、風車は生来の役目を終えて、自《おの》ずと姿を消していくことになりました」

「なるほど、それでいまに至る、というわけですかぁ……」

おれは、ひとり呟《つぶや》いた。

心の中では、ある種の感慨が湧《わ》き起こっていた。

――世界は神がつくったけれど、オランダはオランダ人がつくったものだ――

彼らは、干拓地をつくっただけではなかった。自然と融合するために工夫を凝らし、自分たちの手で本当に土地そのものをつくってしまっていたのだ……。

そしておれは、このキンデルダイクに残された風車網に思いを馳《は》せた。

「なんだか、歴史の重みを感じます……」

この町は、時代が移り変わっても風車を残しつづけてきた。それは、人々が風車と寄り添って生きてきたことの証《あかし》にほかならない。

人と風車。風車と大地……。

おれは計り知れない大きな何かの存在を漠然と感じ、壮大な気持ちになった。

「そうそう」

と、ガイドが思いだしたように口を開いた。

「先ほど、風車は役目を終えて消えていったと言いましたが、じつは全部が全部、取り壊されたわけではないんですよ。ある現象でなくなったものもありまして」

「現象……？」

「時代が変わってメンテナンスが行われなくなっていく中で、風車の柱が緩みだすようになったんです。ほら、小さなネジも放っておくと緩んでしまうことがあるでしょう？　あれと同じです」

ガイドは遠くを見るような目でつづける。

「緩んだ風車はやがて抜けて、飛んでいってしまいました。もしかすると、いまもどこかを漂っているかもしれませんね。あるいは、遥《はる》か遠く、宇宙を彷徨《さまよ》っていることだって」

おれは、星々の煌めきを背景に、ゆっくりと羽を回す風車の姿を思い浮かべた。真空の中、地球の風にもらった力で優雅に回転しつづける。時を超えて、永遠に……。

ふと、ある考えが頭をよぎった。

「それじゃあ、ここにある風車たちも、じきに緩んで飛んでいってしまうんでしょうか」

「It's not gonna happen」

ガイドは、即座に否定した。

おれは瞬時に失言を察し、非礼を詫《わ》びる。

「……なるほど、失礼しました。世界遺産なんですから、メンテナンスくらいちゃんとされていますよね」

簡単に緩むはずがないじゃないか。そうひとりで合点したのだ。

しかし、ガイドは首を横に振った。

「ちがうんです。もちろん手入れに抜かりはありませんが、だから、というわけではありません」

「どういうことですか……？」

「ここの風車は、しっかり土地に根づいている、と、そう言いました。そして、切り離しがたいということも。それは文化的な意味においてだけではなく、物理的にも、そうなんです。いま残っている風車たちは、本当に土地とひとつになっているんですよ」

ぽかんとしているおれに向かって、ガイドは言う。

「ほら、ネジだって、錆《さ》びると素材と一緒になって取れなくなってしまうでしょう？　風車の柱も月日が経《た》つうちにすっかり錆びれて、土地とくっつきましてねぇ」

東京

寂《さび》れた町の寂れたアーケードから一本入った路地に、その店はあった。

東京生まれ、東京育ちのおれにとって、地方出張はうれしいものだ。とりわけ地元の飲み屋を探すのは毎度の楽しみになっていて、仕事を早く片づけるモチベーションにもなっている。

一軒目で郷土料理に舌鼓《したつづみ》を打ったあと、おれは飲み足りず、同僚と別れてひとり二軒目の店を探して出歩いた。そして偶然見つけたのが、そのバーらしき薄汚れた店だった。

でも、扉を開けて一歩入った瞬間に、おれは妙な店に入ってしまったなと後悔した。

空調からは、濁《にご》った空気が吐きだされていた。排気ガスを彷彿《ほうふつ》とさせる臭いに眉をひそめる。

「いらっしゃい」

マスターと思われる老人から声を掛けられた。その穏やかな微笑《ほほえ》みを前にすると出るに出られなくなってしまって、おれはやむを得ず店内に足を踏み入れた。

中はテーブル席が二つ三つ、残りはカウンター席といった具合だった。

カウンターのひとつについてビールを頼み、改めて周囲を見渡す。

なんだか、いやにざわついているなと、おれは思った。

店内は、たしかに混みあっていた。けれどそれ以上に、まるで人混みの中に放りこまれたかのような騒がしさが漂っていて、同時に、都会の歪《いびつ》なエネルギーのようなものを感じもした。耳を澄《す》ますと、なぜだかヒールや革靴などの入り混じった、雑踏のような音も聞こえてくる。

おれはさらに、おかしなことに気がついた。

それは、周囲のお客さんたちの言葉づかいだった。

日中に町なかで聞いた方言は、店の中では聞かれなかった。代わりに飛び交っているのは、標準語だ。

そして極めつけは、お客さんの表情。こんな妙な店なのに、誰もが夢の中にいるかのように、楽しそうな顔をしているのだった。

「お客さんは東京からお越しですね？」

ビールを持ってきたマスターから、そう話しかけられた。

「いえ、なんとなくの勘ですけれど」

おれは軽く頷《うなず》いた。

「ええ、出張で来まして……」

歯切れの悪いおれの反応に、マスターは言った。

「そのご様子ですと、怪訝《けげん》に思われていることでしょうねぇ。うちの店の、この雰囲気を」

ずばり心を見透《す》かされて、たじろいだ。

するとマスターは言葉をつづけた。

「いやいや、いいんです。初めて来られた方——特に東京からの方は、だいたい同じような顔をされますから。だから、お客さんも東京の方だろうなと想像がついたというわけです」

「それじゃあ……」

聞いてしまってよいものか迷ったけれど、おれはマスターに尋ねてみた。

「……このお店は、わざとこういった雰囲気にされてるんですか？」

マスターは、迷うことなく首を深く縦に振った。

「ええ、この店のコンセプトは、東京、でしてね」

「東京……」

呟《つぶや》くおれに、横から声が飛んできた。

「兄ちゃん、ここはね、マスターこだわりのクラフトビールを出す店でね。みんな、ここのビールを目的にやってくるんだよ」

その中年の男性は、黄金色で満たされたグラスを掲げてみせた。

「まあ、出てくる水のまずさだけは、閉口ものだけどね」

その台詞《せりふ》とは裏腹に、男はずいぶん楽しそうだ。

マスターも、愛嬌《あいきょう》たっぷりの笑顔を見せる。

「ははは、それも、うちのこだわりのひとつですからね」

まずい水……悪びれることなく肯定するマスターに、おれは当然、困惑した。

ただ、それ以上に気になったのは、こだわりのビールとやらだった。ビール専門店に通うほどのビール好きなおれは、クラフトビールのファンでもある。目の前で黄金色を湛《たた》えるビールは、いったいどんなものなのだろうと想像を巡らせた。

グラスに口をつける前に、おれはマスターに切りだした。

「あの、このビールのこだわりというのは？」

すると、マスターの代わりに男が答えた。

「ふつうとはちがう、変わった酵母を使って仕込まれたものでね」

まるで自分の秘密を打ち明けるかのような口調で、男はつづける。

「ビールづくりのポイントはいろいろあるけど、酵母は重要な要素のひとつだろう？」

たしかにそうだと、おれは頷く。ビールをつくる会社では、酵母は門外不出とされる。それほど、製造の鍵を握っているということだ。

「ここの店では、独自の酵母を使ってるんだよ」

「独自の……？」

「マスターが自分で見つけた酵母でね」

おれは目を見開いた。

ふつうのクラフトビールづくりでは、酵母は市販のものを使うことが多いと聞く。培養するのが難しいのだ。ましてや自然界に何万種類と存在する酵母の中から、自分でビールづくりに適した新しい酵母を見つけるだなんて、それだけでライフワークになるほどの途方もない作業のはずだ。

「でも、それをやってのけたのがマスターというわけさ」

男は誇らしげに胸を張る。

マスターは、気恥ずかしそうな顔をする。

「ええ、ずいぶん年月はかかりましたが、どうにかこうにか」

「それじゃあ、本当にご自分で……？」

「長年、ずっと探しつづけていたんです。自分の理想を叶《かな》えてくれる、究極の酵母を。もちろん最初は市販のものでいろいろと試してみました。ですが、どれもしっくりきませんでした。私が目指していたのは、東京という街を体現したビールだったんです」

「東京……」

たしか、店のコンセプトは東京だと、マスターが言っていたのを思いだす。

「たとえば、ブルーハワイというカクテルは、南国を想起させてくれるものですよね。ダイキリを飲むとキューバに思いを馳《は》せることができますし、泡盛の場合は、沖縄でしょう。そういった、国や地域が閉じこめられたお酒の、東京のものを、ビールでつくりたかったんですよ」

隣の男が口を開いた。

「この店は、むかし東京に憧れて、夢破れた人たちが通う店でね」

男は、遠くを見つめるように言う。

「絵描き、俳優、スタイリスト、あるいは漠然とした、大きな自分……そういうものに憧れを抱いて上京する人間は、じつに多い。でも、本当に夢を叶えられるのは、ごく一握りの限られた人に過ぎないもんだ。だから、夢に破れた者は、いろんな思いを胸に抱えて故郷に再び戻ることになる。諦《あきら》めや悔しさが綯《な》い交《ま》ぜになった心境でなぁ。ここは、そういう人間が集う場所なんだ」

おれは、なんと返せばいいのか迷い、口を噤《つぐ》んだ。

対照的に、男は明るい表情だった。

「おれは丸十年、東京にいたんだ。いまでは実家を継いで、幸せといえる家庭も築いたけれど、ときどき、ふとしたときに胸が騒ぐことがある。東京が強烈に懐かしくなって、古傷が疼《うず》くような状態になるんだよ。そういうとき、おれはこの店にやってくる。この、良くも悪くも東京がぎゅっと詰まった場所へとね。そしてマスターのビールを呷《あお》るんだ」

この店のビールは、と、男は言う。

「憧れだった東京という街を――あの歪《ゆが》んだ煌《きら》めきに包まれた街を、感じさせてくれるんだ。もちろん、東京では苦しいことのほうが多かった。でも、ここのビールを飲んでよみがえるのは、楽しかったことばかりで」

男はマスターに目配《めくば》せした。

マスターが、つづきを引き取る。

「理想のビールをつくるには、まだ誰も見つけていない、オリジナルの酵母が必要不可欠でした。なので私は、それを求めて東京中を歩き回ったんです。

そして、とうとうネオン街の路肩で見つけだしたのが、うちの酵母というわけです。街が導いてくれたんでしょうか、発見したとき、なぜだかこれだと思いましてね。すぐに純粋培養にとりかかり、その酵母でビールを仕込みました。

できあがったのは、まさしく東京という名にふさわしいものでした。飲み進めると、あの街のエネルギーや哀愁がよみがえってくる、不思議なビールです」

「おれが東京にいたのは、大学に上がってからの十年だった」

男の瞳に光が宿る。

「ここのビールを飲んで真っ先によみがえるのは、深夜の散歩の思い出でね。当時の彼女と、夜になるとよく散歩に出かけたんだ。コンビニで缶ビールを買って、それを片手にぶらぶらして。時計は0時を回ってる。ときには公園に立ち寄って、ブランコに腰かけたりしてね。そこでおれは思いついたメロディーを口ずさんで、彼女に聞いてもらったもんだ。

夢は、ミュージシャンになることだった。四六時中、必死になってギターを掻《か》き鳴らしたよ。大学を卒業してからも業界にしがみついて、端くれとして音を鳴らしつづけて。

でも、本当は心の奥底で分かってたんだ。自分程度のやつなんて、ごまんといるんだって。努力じゃ埋められない、圧倒的な才能を持ったやつが世の中には存在するんだって。ただ、それを自覚するのにずいぶん時間がかかってね。

夢を諦めたきっかけは、これといってなかったよ。なんとなく、そろそろ限界かもな、ってな。いちど自覚しはじめると、後戻りはできなかった。夢が終わるというのは、こうもあっけないものなんだなと思ったなぁ。そうしておれは、荷物をまとめて地元に戻ってきたというわけさ。

もちろん、いまとなってはすべてが良い思い出だ。だからこうして、ときどき無性に当時のことを、あの東京という街でのことを、思いだしたくもなるんだろう。ここのビールを飲んでむかしの思い出に浸れば、また日常に張りが出てがんばれるんだから、おもしろいもんだよなぁ」

男は、ぐいとビールを呷った。

マスターは控えめな口調で応じる。

「そう言っていただけると本望ですよ」

そして、おれに向かって言った。

「じつは、わざわざこんな雑踏の音をBGMで流しているのは、お客さんに、より深く東京に浸ってもらうためでしてね。というのが、東京の音を聞かせてやると酵母はいっそう活性化して、風味が強くなるんです。この悪い空調も、猥雑《わいざつ》な雰囲気も、ぜんぶ酵母の活性化のためなんですよ。

ただ、最初は酵母のためだけにやっていたことだったんですが、これが思わぬ効果も生みました。お客さんが喜んでくれましてねぇ。東京を思いださせてくれるビールを、東京の空気を感じながら飲む。それが堪《たま》らないらしいんです。もっとも、調子に乗って出すようになった東京産のまずい水は、賛否両論ありますけれど」

その言葉に、男は声をあげて笑った。

マスターは言う。

「ちなみに、うちは全国各地に支店があります。夢に破れて東京から地元に戻る人は、どこの地域にも必ずいらっしゃるものですからね。そういう方々の活力に少しでもなれればと、酵母の株分けをしているんです。もちろん支店長は、東京で店を出すという夢に破れ、地元に戻ってきた人にお願いしています」

微笑むマスターに、おれはすっかり感心した。

きっと、東京を去った人たちにとって、この店は終わった夢の名残《なごり》に触れられる、唯一の場所なのだろう。日常からほんの少しだけ抜けだして、若かりしころの滾《たぎ》るような夢を、束の間《つかま》、思いだす。そして元気を得て、また日常へと帰っていく……。

でも、と、おれは口を開いた。

「こういう言い方は失礼にあたるかもしれませんが……正直、みなさんがうらやましいですよ」

おれの中では、話を聞くうちに劣等感のようなものが芽生えていた。

「マスターがご指摘くださったとおり、ぼくは東京生まれ、東京育ちの人間です。だから、東京に憧れるという気持ちは、これまで微塵《みじん》も抱いたことがないんです。嫌味を言いたいんじゃ決してありません。本当に、東京出身というのは、コンプレックスでしかないんですよ」

マスターと男は、静かに言葉のつづきを待ってくれた。

「……ここのみなさんみたいに、故郷というものだってないに等しいんです。実家暮らしが長かったこともありますし、いまだって、帰ろうと思えばすぐ実家に帰れてしまう距離にいる……。だから、帰省という概念も持ったことがありません。故郷や帰省の話題になると、いつも苦い気持ちになります。そんなですから、みなさんみたいに東京に憧れを持つ人に、ぼくは逆に憧れて、嫉妬《しっと》してしまいますね……」

この店にいる人たちは、みなそれぞれに東京への熱い思いを胸に抱いているのだ。

そしてそれは、時を経ても消えることなく心の奥で燻《くすぶ》っている。

そう考えると、自分ひとりだけが取り残されたような気持ちになって、寂しさがこみあげてきた。

おれは惨《みじ》めな気持ちで、こぼした。

「せっかくなのでこの一杯だけはいただきますが……でも、ぼくは何も感じないんでしょうねぇ……」

溜息《ためいき》をつくと、マスターは笑みを浮かべて首を振った。

「いえいえ、そんなことはありませんよ」

断言するような、確信に満ちた口調だった。

「どういうことでしょう……？」

「じつはうちの店には、東京の方もよくお越しになるんです」

「えっ？」

おれは思わず声をあげた。

「何のためにですか？」

隣の男も、マスターと結託したように楽しそうに笑っている。

「もちろん、東京を感じに、です」

「感じにって……普段から、嫌というほど触れてるじゃありませんか」

「だからこそ、気がつかないものなんですよ」

マスターは言う。

「家族に対する感情と似ているんでしょうね。そばにいるからこそ、特別な感情を抱きづらい。でも本当は、自分で気づいていないだけで、いろんな思いを無意識のうちに蓄積していっているんです。

うちのビールは基本的には、東京を去った人が東京を偲《しの》ぶための代物です。ですが、ある種の方々——東京の方たちには、別の作用をもたらしまして」

「別の……？」

首を傾《かし》げるおれに、マスターは黄金色のビールを改めて差しだした。

「故郷なんてないと、お客さんはそうおっしゃいましたが、それは誤りです。お客さんのような方にだって、故郷はちゃんとあるじゃないですか。引け目を感じる必要なんて、まったくないんです」

マスターは優しく頬を緩めている。

「このビールを東京の方が口にすれば、取るに足らないし思いこんできた東京での数々のことを、意味のあるものとしてちゃんと自覚させてくれましてね。そしてそれを故郷での思い出という、かけがえのない大切なものへと昇華してくれるんですよ」

Blue
Blend

おもしろいダイビングができる。そう聞いて訪れたのは、インド洋に浮かぶ島国のひとつだった。

国際空港がある首都の島で乗り換えて、セスナで目的の島へと向かう。窓の外には水色の環礁《かんしょう》が点在していて、南国にやってきたことを実感させた。

島につくと、予約していた水上コテージへと案内された。ダイバー向けの簡素な宿より、リゾート気分を味わえるほうを選んだのだった。

コテージは想像以上に素晴らしいものだった。

シャワー室はテラスと直接つながっていて、テラスからはそのまま海へと降りられるようになっていた。あたりの海では、別のコテージから降りた人たちがシュノーケリングを楽しんでいる。三十センチを超える赤や青の熱帯魚たちがそこかしこで泳いでいる。

何より圧巻だったのが、テラスからの景色だった。

浅瀬の水色、沖の紺《こん》色、空の碧《あお》色……。

デッキチェアに寝そべりながら、おれは三色の青の階調に目を奪われて魂を抜かれたようになってしまった。

と、海面からヒレのようなものが出ているのが目に入った。立ち上がってたしかめると、一メートルほどの魚が泳いでいた。

——リーフシャーク——

ダイビングでよく目にする、おとなしいサメだ。外洋から迷いこんできたのだろうが、コテージからサメが見られるなんて、やっぱり南国はちがうなぁと感嘆した。

風変りなダイビングへは、夜に出ることになっていた。

それまでのあいだ、おれは潮風に吹かれて読書をしたり、散策をしたりしてゆったり過ごした。

どこにいようとも、島は絶えず波の音に包まれていた。目を閉じると、しだいに海と一体になっていくような気がしてくる。ひとかきすれば、その瞬間から泳ぎだせそうな気持ちになる。

野外のレストランでバイキングを楽しんでいる間に陽《ひ》はゆっくりと沈んでいって、あたりの色はひとつに統一されはじめる。

陽が落ち切ると、おれはダイビングショップへと足を運んだ。

「He is your buddy《バディ》」

ダイビングは、バディと呼ばれる相方とペアになって潜るのが鉄則だ。紹介されたおれのバディは、がたいの大きなイギリス人だった。握手を交わすと、彼の手のひらに覆われる。互いの肩を叩《たた》きあって、おれたちは十人ほどのチームでボートに乗りこんだ。

夜の海を支配するのは、エンジン音と波音のみ。

ポイント近くに到着すると、ガイドが言った。

「ここから先は、泳いで行こう」

その一言で、場はにわかに活気づいた。

それぞれに興奮を抑えながら、手早く準備をしはじめる。身に着けたウェットスーツにタンクを背負い、フィンを履いてゴーグルをつける。マウスピースを咥《くわ》えると、さっそく甲板へと出ていって夜の海へとダイブした。

海中は闇に包まれていて、底はまったく見えなかった。手にしたライトの光だけが、遠くのほうまで貫いている。

ガイドにつづいて少し前進したときだった。不意に広がった光景に、おれは思わず息を呑《の》んだ。

砂粒のような小さなもの――それが、ぽつりぽつりと虹色の光を放っていたのだ。

「発光プランクトンだ」

ガイドは磁気式の水中ノートに文字を書いて、ライトで照らして教えてくれた。

気がつくと、どこもかしこも光の粒で満ちていた。

その虹色をくぐり抜けているうちに、ふと、友人の言葉がよみがえってきた。


――南の島には、海と空の境が消えるところがある――


初めて耳にしたときは、ひどく困惑したものだった。

だが、友人は頑《かたく》なに主張した。

——Blue《ブルー》 Blend《ブレンド》——

彼は、秘密を打ち明けるような口調で言った。

——その現象は、そう呼ばれてて。海の青と空の青、すべての青が混ざりあって、ひとつになるんだ。サンセットからサンライズまでの間だけね——

それだけじゃない、と、友人はつづけた。

——混ざりあうのは色だけの話じゃない。海と空、それ自体も混ざるんだ。一切の境が消えた世界——

それがBlue Blendだと、友人は夢見るような瞳で口にした。

話を聞いていくうちに、おれの中では次第に好奇心が高まっていた。信じがたいことではあるけれど、もし本当のことならば、一度は体験してみたいものだと思いはじめていたのだった。

そしておれは、とうとう南国行きを決めた――。

ぼんやりと回想している間にも、一行はぐんぐん海の中を進んでいく。

潮の流れは、ほとんどない。ときどきバディを確認しながら、ガイドのあとについていく。

底の見えない水中では、水深を把握《はあく》するのが難しい。おれもまた、自分がどれくらいの深さにいるのか定かでなくなる。

深度を測るダイバーズウォッチを見ようとした瞬間だった。

ガイドが不意に停止して、水中ノートに何かを書きはじめた。ライトでそれを映しだすと、彼は親指を立ててにこりとした。

「In the sky」

一瞬、何のことだか分からなかった。

が、すぐに悟って、おれはダイバーズウォッチを確認した。

十メートル。

画面には、そう表示されていた。

ただし、数字の前に記号がついている。一本の横線。マイナスを示すものだ。

マイナス、十メートル……。

おれは頭の中で反芻《はんすう》する。

海面から、マイナスの世界。ということは、ここはすでに。

――空――

心は、途端に沸《わ》き立った。

Blue Blend
海と空の境のなくなるその時間、海のものは空を泳げるようになるという。空のものは、海を飛べるようになるという。

いま自分は、まさしくその現象の最中にいるのだ。友人の言葉は真実だったと、興奮は加速していく。

そういえば、と、おれは異変に気がついた。

ぷくぷくと口元から昇っていた泡が、いつの間にか見当たらなくなっていた。空気の中を泳いでいるからなのだろう。泡の昇る方向を見ることができないので、上下の区別がつかなくなった。

ちりんちりんと、ガイドが金属の指示棒を鳴らす。

ライトの先に目をやると、スズメダイの群れがさかさまになって泳いでいた。いや、さかさまなのは自分たちのほうかもしれないな。そんなことを考えながら、極彩色の魚を追う。

光るプランクトンはますます増えて、美しさを増している——と思った矢先、一拍遅れて、おれは自分の間違いを認識する。手を伸ばしてみても、光の粒に触れることができなかったのだ。

煌《きら》めきは、プランクトンによるものではなかった。

いつしか、おれは遠近感までも奪われてしまっていたらしい。広がっているのは、星たちだった。

バディに目をやる。彼も星に目を奪われている。小さな粒は、いまにも手の届きそうなところでひっそり瞬《またた》く。

足元に、月を見つけた。今夜はきれいなフルムーンだ。

銀色に光る小魚が集まって、大きな球をつくっている。月明りを浴びながら、ぐるぐると自転をしている。

何かが、そこに突っこんだ。大きな鳥だった。一瞬、群れは散りぢりになって、また集まって回りはじめる。なんだか、自分までもがつられて回りそうになる。

この奇妙な世界でも、すべては豊かに躍動していた。

月明りに照らされて、ナポレオンフィッシュのシルエットが浮かびあがる。イカはすいすい泳いでいって、マンタが優雅に星の中を渡っていく。

珊瑚礁《さんごしょう》が見えてきた。ライトの先には、海鳥がいる。嘴《くちばし》を突きだし、隙間をつつく。珊瑚礁は彼らにとって、いい餌《えさ》場になるらしい。

ブレンドされた空間を、おれたちは自由に舞った。

フィンがとらえるは、水か空気か。発光プランクトンか星か。

三百六十度、縦横無尽に一行は進む。

やがてガイドが停止して、おれたちもその場に留まった。時間を見ると、はや一時間ほどが経過していた。合図が出ると、ボートに戻る。しばらくすると梯子《はしご》が見えて、順番になって昇っていく。

ボートに上がると、この珍なるナイトダイブへの称賛の声で溢《あふ》れていた。おれもバディとタッチを交わし、ハグをしあった。興奮の熱は、まだまだ冷めない。

器材を片づけ、ボートのへりに腰かける。

闇に慣れた目で遠くを見ると、空を泳ぐカジキが見えた。

「Blue Blend は、このあたりだけの現象なんですか？」

クルーに尋ねる。

「いや、ここらはひとつの場所に過ぎないよ。こういう場所は、この海域に点在している。うまく避けて通らないと、ボートも知らない間に雲の上さ」

再び、エンジン音と波音だけの世界がやってくる——。

*

興奮で冴《さ》えていたのだろう、おれは明けがた近くに目を覚ました。

外はまだ、ほの暗い。

水を飲んで、テラスに出る。

深い青一色に染まった景色を眺めながら、波音にひたる。

昨夜のことが、まざまざと思いだされた。

海と空の共演。

星空のダイブ。

そのときだった。おれは向こうのほうからやってくる黒い影に気がついた。その形には見覚えがある。

——リーフシャーク——

それは宙をくねくね泳ぎながら、こちらへと近づいてくる。

なるほど、と、おれは思う。こいつが浮かんでいるということは、このコテージあたりの空間も、すっかり混ざりあっているのだろう。

一歩踏みだしさえすれば、おれも空を泳げるだろうか。あるいは、自在に海の中を飛べるだろうか。いずれにしても、タンクなしでは息がつづかないのかもしれないな。

ぼんやりと考えながら佇《たたず》んでいるうちに、やがて景色が変容しだした。

——朝陽が昇る——

そう思った刹那《せつな》だった。

水平線に光が差して、海と空がくっきり割れた。

次の瞬間、浮力を失《な》くしたリーフシャークは真っさかさまに落ちていき、ドボンと派手な音が響く。

虚無缶

——虚無は、いろいろなところに潜《ひそ》んでいましてね——

男がカタカタとキーボードを操作すると、ディスプレイ上にそんな文字が打ちこまれた。

——たとえば、五月病にかかった学生の部屋。たとえば、日曜日の夜を迎えたサラリーマンの家。私はときどきそういうところに出かけて行って、漂う虚無を集めて回るというわけです——

私はメモ帳を手にして、滞《とどこお》りなく表示されていく文字に見入った。

男のことを知ったのは、友人からの原稿依頼がきっかけであった。

ＷＥＢマガジンの編集に携《たずさ》わっているその友人は、このたび趣味が高じて企画を任されることになったのだと、久しぶりに再会した居酒屋で私に言った。なんでも、写真家や画家、エッセイストら、様々なクリエーターにあるテーマをぶつけ、それぞれがインスパイヤーを受けてつくられた作品を競作として毎月アップしていくのだという。その参加者のひとりとして、ぜひ物書きである私にも参加してほしい。そう言って、友人は企画書をめくった。

企画書にちりばめられていたのは、WEBサイトから引用してきたという参考写真たちだった。それは、あるいは錆《さ》び、あるいは緑に覆われた家屋やビルの数々。俗にいう廃墟《はいきょ》である。友人はそうした場所を巡るのが好きなのだと話し、廃墟をテーマに物語を書いてくれないかと企画書を差しだした。

私は、すぐには返事をしかねた。ひとえに、扱うテーマに馴染《なじ》みがなかったからだ。もし引き受けるならば、どれくらい取材をする必要があるだろうか。そんなことを考えながらパラパラと企画書を再読した。

そのときだった。私の目に、一枚の写真が留まった。

手を止めてじっと見入っていると、友人は言った。その廃墟は知る人ぞ知る、キヨムカンの製造工場だ、と。そして空中に字を書きながら、もう一度言った。虚無の缶詰、虚無缶をつくっていた場所なのだ、と。

聞き慣れない言葉に戸惑いながらも、私はその写真から目が離せなくなった。屋根も窓も壁もすべてが失われ、錆びた鉄骨だけの姿になった廃墟……。何ものをも寄せつけない孤独な雰囲気を放つそれに、強く惹《ひ》かれたのである。

私の様子を見てだろう。友人はすかさず口にした。

そうだ、虚無缶にまつわる作品を書いてみてはどうか。

それに、と、つづけた。

取材に行けば、きっと貴重な体験もできるはずだ。

その言い方が引っ掛かり、私は詳しい説明を求めた。

語られたのは虚無缶なるものの正体、加えて、それに関連するある男の存在だった。到底、信じられないような話ではあったが、同時に私は物書きの性《さが》だろうか、ひどく好奇心を刺激された。

そういうことなら……。

私は依頼を引き受けることを決め、取材のため、件《くだん》の廃墟に向かったのだった。

――虚無は、本当にいいものですよ――

男は、ディスプレイ越しにつづける。

――集めてきた虚無を、吸引する。それが私にとって何よりの快楽なんです――

友人からは、あらかじめ先方が筆談になることは聞いていた。どうやらこちらの声は伝わるらしく、メモをとりながら私は彼に尋ねてみた。

「虚無の快楽とは……いったいどういう感じなんでしょうか」

――吸うと、現実のすべてが色を失い、心にぽっかり穴ができるんです。目の焦点が次第にずれ、茫洋《ぼうよう》たる未来に絶望を感じはじめます。時代の流れに自分ひとりだけが取り残されたようになって、ひどい脱力感にも襲われる。しかしそこに、言いようのない恍惚《こうこつ》感を覚えるんです――

自分には到底、理解できそうもない感覚だと思いながら、質問を変えた。

「最初から、ビジネス化の構想が？」

――毛頭ありませんでした。私は働きもせず、毎日、虚無をひとりで吸っていたのみです。ですが、あるとき突然、虚無の快楽に酔いしれている最中に天啓《てんけい》に打たれたんです。虚無を缶に詰めて、売りだしたらどうだろうかと――

それが虚無感ならぬ、虚無缶のアイデアが誕生した瞬間なのだと理解した。

「ですが、そのときによく虚無が売り物になるなどと思われましたね」

――需要は、そこそこあるのではと確信していました。世の中、変わった趣味嗜《し》好《こう》を持つ人々は一定数以上はいるものです。それに、一度吸ってくれさえすれば、また買ってもらえるだろうという読みもありました。堕落に一歩足を踏み入れたら、あとは落ちる一方ですから――

「ビジネス経験は、おありだったんですか？」

――いえ――

「よく決断されたな、という印象がありますが……」

――そんな大げさな話ではありません。もし失敗すれば強い虚無感に襲われるでしょうが、それはそれで、私にとっては快感を得られる願ってもない状況ですので――


私は思う。

失うものがない状況で開き直ったとき、人はとんでもない底力を発揮しうる。ホームレスから大富豪になった人。引きこもりから起業家になった人。

いや、男の場合、彼らとも少し違うのかもしれないな、と考え直す。

失敗したところで、待ち受けているのは元通りの状態ではない。むしろ、保険金とも言える見返りが手に入るのだ。どうなってもおいしいことしかないのなら、たしかに決断は容易《たやす》いのかもしれない……。

そんなことを考えている間にも、ディスプレイは言葉で溢《あふ》れる。

——私は本を読んだり知人を頼ったりして、見よう見まねで商売をはじめてみました。身内にお金を借りて山奥の土地を購入し、小さいながら工場を建てたんです。工場には、まず大量の虚無を貯蔵するタンクを準備する必要がありました。もちろん、ただの容器ではいけません。常温下で、虚無は気体の性質を持っていましてね。気体というのは、たくさんの量を貯蔵するのに膨大なスペースがいるんです。なので、これを液体に変えて貯蔵しやすくしなければなりませんでした。

そこで私は、丈夫なタンクを特注しました。そして冷却装置を導入し、加圧冷却によって大量の虚無を液体状で貯蔵できるよう設備を整えたんです。

虚無の缶詰めを自動で行ってくれる機械の調達も行いました。いちいち手作業でやっていては、埒《らち》があきませんので。これは、鯖缶《さばかん》をつくるのと同じものを買い、機械好きの知人に改造してもらい間に合わせました——

「肝心の虚無は、どうされたんでしょう。それまでとは違い、量産となると大量の虚無が必要なのではないですか？　何か科学的な製法でも発見されたのでしょうか」

――虚無は人工的につくりだせるものではありません。ですから、天然の虚無を集めてくるしかないんです。

私は、自堕落な生活を送る虚無にまみれた学生たちと契約を結び、定期的に部屋の空気をビニール袋に詰めて段ボールで送ってもらえるよう仕組みを整えました。契約する学生の選定は、特に注意したものです。たとえば中に、内に秘めたるものを持った学生が混ざったりしていては、虚無に野心のような不純物が入ってしまいますからね。

また、学生が途中で将来に希望を見出《みいだ》したりし、虚無が枯渇しても堪《たま》りません。それを防ぐため、学生たちには人生がいかに虚《むな》しいものかを説いた動画を教材として定期的に送りました。その甲斐《かい》あって、密度の濃い虚無を大量に確保することができるようになりました――

男はキーボードを叩《たた》きつづける。

ディスプレイには、こんなことが綴《つづ》られる。

その後、男はようやく工場の稼働にまでこぎつけた。そして次々と虚無缶を製造していった。

売りこみ活動などせずとも、虚無缶は口コミだけですぐに売れはじめた。それだけ世の中には、退廃的なものに惹かれる人間が多いということなのだろう。

商売は好調の一途をたどった。調子づいた男は小さな缶詰だけでなく、徳用の大きなドラム缶サイズの虚無缶をつくってみたりもした。それがまた、売れに売れた。

しかし。

――順調な日々も、そう長くはつづきませんでした――

私は友人から聞いていた話を思いだした。

「……あの事故のことでしょうか」

男はキーボードを打つ代わりに、こくんと頷《うなず》いた。

「なんでも、この廃墟ができた直接的な原因だと。そして……」

言いかけて、私は言葉を呑《の》みこんだ。容易に立ち入ってはいけない話だと判断したのだ。

――ええ――

男は言葉を再び紡《つむ》ぐ。

――ある日、ついに事故が起こってしまったんです。原因は、虚無の貯蔵タンクの破損でした。

気がついたときには、もう遅かった。高い圧力のかかった液状の虚無は猛烈な勢いでタンクから噴射されて、もくもくと白い煙があたり一面に立ちこめていました。対処する暇もなく、工場内は瞬《また》く間に虚無で満たされてしまったんです。

私は、大量の虚無に思わずむせ返り、途端に絶望的な気分に襲われました。その場に倒れてしまいそうになりましたが、何とか必死に持ちこたえ、壁に身体《からだ》をあずけながらどうにか外に出たんです――

「工場は……」

――目の前で急速に老朽《ろうきゅう》化していきました。密度の高い虚無には、強い浸食作用があったんです。それも、たちどころに建物を蝕《むしば》んでしまうほどの。

いま考えてみれば、タンクが破損したのも、虚無の作用によるものだったのかもしれません。気づかぬうちに内側から素材が蝕まれていたというわけです。もっとも、仕入先の学生に変化があり、不純物が虚無と混ざって化学反応を起こした可能性も否定はできませんが——

いずれにせよ、と、男はつづけた。

——私は、かろうじて一命を取りとめました。が——

「が……」

先ほど呑みこんだ言葉が、頭をちらついた。

——短時間で虚無を吸いこみすぎたせいで、私はやる気を失い、ひどい脱力感を覚え、ビジネスも何もかも、もはやすべてがどうでもよくなってしまっていました。もちろん同時に、あの言いようのない強い快感に包まれてもいたのですが。

その後のことは——

少し迷ったように、文字はそこで一度止まった。

私は、友人から聞いた話を思いだしていた。

あの廃墟には、ひとりの虚無中毒の男が住んでいる。かつて工場を営んでいたその男は、いまでも虚無を仕入れてきては缶に詰め、蓄えたそれを少しずつ吸って暮らしている。虚《うつ》ろな快感に浸りながら。終焉《しゅうえん》に向かって、ただ無意味に。

いや、終焉というのは適切な表現ではないかもしれない、と、友人は言った。男は虚無によって生きている。生かされている。生きざるをえないのである。取り壊してすらもらえない、廃墟のように。

事故の際、男は一命を取りとめた。が、虚無の浸食作用によって、身体はひどく蝕まれていた。

そんな状況に陥ってさえなお、いや、だからこそ、男は虚無を渇望した。

結果、行きついた先が。

——いや、これ以上はご覧のとおり、わざわざご説明するまでもないでしょう——

その文字を確認すると、私は改めて男を見た。

まるで廃墟そのものだ、と思った。

虚無に浸食され尽くし、鉄骨だけになった、それ。

目の前の骸骨は、キーボードを叩く手を止めた。

マトリョー
シカな
女たち

妻がロシア旅行から帰ってきた翌日の朝。目を覚ましてリビングに入ると、妻は小さな子供を抱っこしていた。

「あ、起きた？　朝ごはん、もうつくっといたから」

座って座ってと、妻はなんだか楽しげだ。

促されて食卓に腰かけた。妻も子供を抱えたまま椅子に座る。が、おれは腕の中の子が気になって仕方がなかった。

じっとその子を眺めていると、妻が言った。

「わたし、先に食べたから、どーぞ。時差ボケで、ぜんぜん眠れなくって」

「いやいや、そんなことよりさ」

おれは突っこまざるを得なかった。

「その子、どうしたんだよ」

「ふふ、やっぱり気になる?」

「そりゃそうだろ……」

「当ててみてよ」

意味深な妻に、おれは頭を巡らせる。

子供は一、二歳ほどに見受けられた。くりくりの黒い瞳が愛らしい。我が娘なら、将来やきもきさせられそうな顔つきだ。

誰かの子供を預かったのだろうか。おれは最初に、そう考えた。が、昨晩から今朝までの間に訪問者のあった気配はない。

もしや、ロシアから連れ帰ってきたとでも……?

おれの中で一気に空想が膨らんでゆく。

いくら気晴らしの旅行だとはいったって、ひとり旅では寂しさに襲われる時間もあっただろう。そんなとき、妻は偶然、現地の街路に置き去りにされた小さな子供を見つけたのではなかろうか。相手もひとり、こちらもひとり。人恋しげな哀《かな》しくもかわいらしい顔にだんだん情が移っていって、妻はその子から目が離せなくなってしまう。我が家に子供は、まだいない。妻は迷う。そして決心する。異国の地で出会ったが運命。この子を救ってあげるのが筋ではないか。養子にすべく、妻はスーツケースに子供を隠して帰国する——。

「ちょっとちょっと、また変な方向に考えてるんでしょ」

おれの空想癖を知り尽くしている妻が言う。

「人攫《ひとさら》いとか、そんなんじゃないから。ねぇ？」

妻の呼びかけに、子供は無邪気に笑っている。

「じゃあ、何なんだよ。……えっ、まさか」

「隠し子ではない」

読心術に舌を巻きつつ、おれは同時に安堵《あんど》する。

「それなら、なおさら何なんだよ……」

「これはね、ちょっと実験をやってみたの」

「実験？」

「ロシアの人から教わって、ね」

妻は子供の相手をしつつ言う。

「ところでさ、マトリョーシカって、あるじゃない？」

唐突に切りだされて、頭の中はこんがらがる一方だ。

「ほら、ロシアの伝統的な民芸品」

人形を上下に割ると、その中から少し小さな人形が出てくるおもちゃのことだと妻はつづけた。その人形を上下に割ると、また人形が現れて、その人形からも、また人形が。そうやって、入れ子構造になっている代物だ。

ああ、あれか、とおれは頷《うなず》く。

「それなら知ってるよ。でも、何でいきなり」

「まあまあ、おいおい分かるから。でね、モスクワをうろうろしてるときだったの、わたしが不思議な人と出会ったのは」

相変わらず意味ありげな口調だった。

おれは下手《へた》に尋ねるのをやめて、妻の言葉に耳を傾けることにした。

「赤の広場っていう場所があって、そこでのんびり休憩してるときだった。不意に視線をあげると、大勢の女の人たちが追いかけっこをして遊んでるのが目に留《と》まったの。

みんな顔がとっても似てて、大家族の姉妹かなぁなんて思いながら穏やかにその光景を眺めてた。だけど、そのうちおかしなことに気がついて。

その人たちは、追いかけっこをしてる途中で減ったり増えたりしててさ。隠れる場所なんてなかったから、最初は目の錯覚かなって考えた。ただ、広場に散らばる彼女たちを何度か数えてみたんだけど、そのたびに数が違ってて。

わたしはだんだん、ぞっとしてきた。ほら、知らない間に幽霊とか妖怪が輪の中に入りこんで、友達の数が合わなくなってるなんて怪談噺《かいだんばなし》を聞くでしょ？　あれが頭をよぎったの。

でも、そうじゃないってことが間もなく分かった。

ていうか、同じくらい奇妙な別の現象を目撃したの。

その女性たちのひとり、小さな女の子を注意深く目で追ってたときだった。その子はなんと、別の女性の身体《からだ》の中に飛びこんでって。

肝心なのは、抱きしめられたとかじゃないってこと。その子はね、本当に女の人の身体の中に入ってったの。マトリョーシカみたいに上下にぱっくり開かれた、身体の中に。

女の子が入りきると、女性は割れた身体を閉じて戻した。で、何事もなかったように、また追いかけっこに加わった。

唖然《あぜん》としたのは言うまでもないでしょ？

でも同時にわたしは、人数が増えたり減ったりしてる理由が分かって、ちょっとすっきりもしてた。女の人たちは誰かの中に入っていったり、逆に誰かの中から出てきたりして数が変わってたっていうわけなの。

やがて陽《ひ》が沈むころになると、遊んでた大勢の女の人たちは、ひとり、またひとりと、ひと回り大きな人の中に入ってった。人数はみるみるうちに減ってって、最後に残ったのはたったひとりの女性だった。

立ち去ろうとするその人に、わたしは話しかけずにはいられなかった。

いまのはいったい何だったのか、どういう仕組みになってるのか……。

女性は、しばらく逆に訝《いぶか》しげな顔をしてたんだけど、繰り返し聞くわたしの話をようやく理解したみたいだった。

その人は笑って言った。

いまのは、ロシアではありふれた健康法よ、あなたの国ではやらないのか、って。

当然わたしは、どういうことか聞いてみた。

するとと女性はこんなことを話してくれた。

人の身体は年輪みたいに過去の自分が何重にも重なってできている。成長期には目に見えて身体は大きくなるものだけど、成人してからも新しい自分は常に上塗りされていってて、古い自分はどんどん中に押しこまれて蓄積されてる。

そうやって積み重ねられた過去の自分は、ちょっとしたコツで取りだせる。

身体を曲げると、お腹《なか》のあたりにできる線。それが身体の切れ目になっていて、爪を立てて持ちあげると、身体は上下にぱかんと開く。

一気にたくさん身体を開けば、より小さいころの自分が中から出てくる。少しだけだと、最近の自分が現れる……。

それを聞いて、わたしはまさにマトリョーシカみたいじゃないって呟《つぶや》いたの。

だけど、女性はこう教えてくれた。

そうじゃない。人間がマトリョーシカに似てるんじゃなくて、マトリョーシカのほうを似せてるんだって。あの人形は、ただ人間の仕組みを真似《まね》しただけのものなんだって。

なるほどとしか言いようがなかった。

そのとき、わたしはさっきの女性の言葉を思いだした。身体の謎は理解したけど、女性はそれを健康法だって言ってたから、どう健康に役立つのかを聞いてみたの。

女性は言った。ときどき古い自分を外に出して遊ばせたりしてあげると、身体を内側から活性化させることができるんだって。それから、新鮮な外の空気に触れさせれば気分転換になるんだとも教えてくれた。若いころの自分を見ると、脳の運動にもなるんだとか。

わたしは少し考えたあとで、思い切って聞いてみた。

同じことが、自分にもできるものなのか……。

女性は、そのはずだって応えてくれた。何なら、いまからやってみればいいじゃない。そうも言われたんだけど、さすがにちょっとすぐには頷けなくて、わたしは曖昧に笑って流した。

女性とは、それでさよならをして。

だけどそのあとも、わたしの中ではずっと話してもらったことが残ってた。で、家に着いて、眠れなくて、もやもやしてるうちに、よしやってみようって気になったの。

実際にどうなったかは、この子を見てもらえれば分かる通り……なんだけど、どう？　ちゃんと話についてこられた？」

妻は楽しそうに言ったあと、子供に向かって笑いかけた。

おれは俄《にわ》かには信じがたく、かと言って、冗談だろうと捨て切れもせず、途方に暮れた。

「それじゃあ、その子は……」

妻が身体の中から取りだした、幼少時代の妻自身だということか……。

それにしても、と、おれは思った。いまの妻にはその面影があまり感じられず、ぽろっとこうこぼしてしまった。

「……子供時代は、こんなにかわいかったんだなぁ」

「子供時代『は』？」

失言を悟り、慌てておれは訂正する。

「いやいや、間違えた、子供時代『も』だよ」

「ふーん」

妻はなぜか、言葉ほど不服そうではないようだった。

それ以上、何も聞けずに黙っていると、そのうち妻が口を開いた。

「あのね、ひとつ勘違いしてるみたいだから教えといてあげるけど」

「勘違い……?」

「身体をぱっくり割る実験。初めてのことだったから、さすがにちょっと不安が残って、いざとなったら腰が引けちゃって」

おれは言葉の真意を汲《く》みかねた。

「……でも、その子がここにいるってことは、結局、実験はしたってことだろう?」

「うん」

頷きながらも、ただ、とつづける。

「自分の身体で、じゃないけどね」

「それじゃあ誰の……えっ!?」

それには応えず、妻は涼しげに子供を見つめる。

「ねぇ、この子を見てみてよ。まるで女の子みたいじゃない?」

そして子供に向かって、わざとらしく口にする。

「子供時代『は』こんなにもかわいらしかったのになぁ」

それがいまじゃあ、ねぇ。

花屋敷

メジロを追いかけているうちに、地上がぐんぐん迫ってくる。

山道には花霞《はながすみ》が立ちこめていて、メジロはその中に紛《まぎ》れて見えなくなった。

仕方なく山の斜面に目をやれば、一人の男が道なき道をとことこと登っていく。

男の手には、一輪の菫草《すみれそう》が握られている。もう片方の手は、何かをたぐるような仕草を見せている。

好奇心にかられ、今度はこちらを追ってみることにする——。


その山の中腹には、古びた屋敷があった。屋敷の周りに道らしきものは見当たらない。人の侵入を拒《こば》むかのようなつくりである。

男は菫草をもったまま、やはり何かをたぐる様子で斜面をどんどん登っていく。

その足先では、土が次々とめくれあがる。なんだか、矮小《わいしょう》なもぐらを追いかけているようにも見受けられる。

木々のつくる薄闇を抜けると、やがて、ワタスゲの群生する平たい場所へとたどり着いた。その真ん中に、小さな屋敷が建っていた。

男は屋敷の周囲をひと回りして、扉を見つけた。一瞬だけ躊躇《ためら》いを見せてから、思い切った様子でこぶしで叩《たた》いた。

「はい、なにか？」

そっと開いた扉から顔を出したのは、世話人らしき人物だった。

男は、手に持った菫草を見せながら言った。

「この花の根っこをたどって、ここへたどり着いたんですが……」

「ほう、根っこですとな？」

世話人は、相手を見定めるような目つきになった。

「ええ、下の山道で見つけまして……しかしここは、とても不思議な山ですねぇ。鈴蘭《すずらん》や朝顔、桔梗《ききょう》に南天《なんてん》。たくさんの花々が、季節を超えて一斉に咲き乱れている。足を止めて、思わず見とれてしまいました。心が洗われるような、とてもやさしい気持ちにもなりました」

　その言葉で、世話人の表情はいくらか和《やわ》らいだ。

　男はつづけた。

「別段、急ぎの道中ではありません。少し疲れてきましたので、私は道端の岩に腰をかけ、休んでいこうと思いました。

　ふとそばを見ると、可憐《かれん》な菫草が一輪、ひっそりと咲いています。あまりに美しかったので、私はあとで押花にでもしようと思い立ち、持って行こうとしたのです。

　ですが、菫草を引き抜いてみて驚きました。根っこが予想以上に長いではありませんか。いくらたぐっても、終わりはまったく見えてきません。しかも、ただ長いだけではありませんでした。手で切ろうとしてみても、頑丈で、どうしても切ることができないのです。

　私は思いました。この四季折々の花が咲く不思議な山からして、長い根っこには何か秘密があるにちがいない。そう確信し、私は根っこをたぐって、それのつづく先を追ってみることにしたのです。

　引っ張ると、根っこは道をはずれて山の斜面をのぼっていきます。垂れ下がる紫色の藤の花をくぐり抜け、緑の濃い熊笹《くまざさ》のそよぐ道なき道をかき分けながら、私は根っこの先を追い求めました。

そうしてたどり着いたのが、この場所です。根っこは壁の下を通って屋敷の中へとつづいているようです。いったい、この根は何なのですか?」

喋《しゃべ》り切ると、男はひと息ついた。

世話人は男の質問には答えずに、少し間をおき口を開いた。

「いいでしょう……どうぞ中にお入りください」

男は迷いながらも、招かれるまま入っていった。

通されたのは、庭に面した一室だった。そしてその縁側には、ひとりの老人の姿があった。

茣蓙《ござ》をひき、こちらに背を向け座っている。じっと動かず、瞑想《めいそう》にでも耽《ふけ》っているかのように見えた。

「おじゃまします」

男は老人に声をかけた。が、返事はなかった。

「先生に話しかけても意味はありませんよ。花となり、俗世を離れていらっしゃるのですから」

世話人は言った。

その言葉に、男は首をかしげた。瞑想で、老人は無我の境地にでも入っているということだろうか。こちらの世界とは隔たった、どこか異なところに旅立っているということだろうか……。

「えっと、その……俗世には、いつお戻りになるのですか？」

尋ねると、世話人は言った。

「さて、いつでしょう。もう、行ったきりかもしれません」

「行ったきり……？」

「先生は長い間、ずっとこうしていらっしゃるのです。花となり、人々の心を潤《うるお》しつづけておられましてね」

男は、再び首をかしげた。

「花となっている……と言いますと？」

「言葉の通りです。あなたがご覧になったこの山の花々は、すべて、先生そのものなのです。花吹雪《はなふぶき》を生み出している源も、先生なのですよ」

「ご老人が、花吹雪……」

「ええ」

世話人はきっぱり言い切った。

男は煮え切らない表情のままだった。世話人の言葉を反芻《はんすう》しているらしかった。

そのうち男は、呟《つぶや》くように言った。

「……人々の心を潤しつづけている、ですか」

いつしかその表情には、憂《うれ》いの色が宿っていた。

「なるほど、たしかに花になることができるのならば、誰かの心を潤すことだって可能かもしれない……」

そこには、諦《あきら》めの感情も見え隠れしていた。

男はそれきり、黙ってしまった。

静寂を破ったのは、世話人だった。

「どうも、すっきりされていないようですね。いいでしょう。どうぞ、もっと先生のお近くへ。そうすれば、納得していただけるやもしれません」

男は、言われるがまま老人のそばへと近寄った。

そして、その正面に回ってみたとき、あっ、という声があがった。

老人は、豊かな白い髭《ひげ》をたくわえていた。が、それはただの髭ではなかった。長く伸びたそれは床に垂れ下がり、庭のほうへと伸びていたのだった。

「あなたのお持ちになった菫草の根も、このいずれかとつながっていましてね」

呆然《ぼうぜん》としている男に、世話人は言った。

「つながっている？　この髭とですか？」

にわかには信じがたい話だったが、世話人の表情は崩れなかった。

困惑しながら男は尋ねる。

「すると、ほかの髭も、ぜんぶ花に……？」

「ええ。正確には花だけではなく、花や木々と、ですけれど」

男は唸《うな》った。

「それじゃあ、ご老人が花吹雪というのは……」

「先生は、髭を通して花吹雪ともつながっておられます。この山のあらゆるものには、先生が宿っておられるのです」

男はしばし考える様子を見せたあとで、口を開いた。

「どうして、こんなことに……？」

「私などには到底、理解が及ばないことですよ。物心がついたときから、すでに先生はこうしておられました」

男は自分の髭を抜き、老人のものと見比べてみた。無論それは、普通の髭だ。

この老人は、神さまかもしれない――。

「あるいは、そうかもしれません。ですが、そうでないかもしれません」

世話人は言った。

「ただひとつ、たしかなことは、先生はこの山と一体になっていて、自然と同じ時間を生きておられるということだけです。あとのことは、分かりません。あるがままに任せるのが一番だろうと、私は思っています」

男は何も言わないで、黙りこんだ。

やがて、ぽつりと切りだした。

「じつは私は、当てもなく世をさまよう浪人なのです」

男の顔は、何かしらの決意を帯びていた。

「若いころ、私は数々の親不孝をしでかして、周りにずいぶん迷惑をかけました。

自分の愚かさに気がつくまでに長い年月がかかってしまい、そして、ようやく気づいたときには、もはやすべてが手遅れでした。両親は世を去っており、周囲からも煙たがられて身の置きどころがなくなっていたのです。

居場所を失った私は、さすらい人となりました。

少しでも、過去の過ちを償《つぐな》いたい。誰かのために、何かをしたい。

様々な地を巡りながら、その思いだけは募っていきましたが、私には人の役にたつ秀《ひい》でた才能もなければ、豊かな財力もありません。ですが、それでもやはり、何か人のためになるようなことをしたい。そんなことを考えているときに、この菫草と出合ったのです。

……ここに落ち着かせてくれませんか？　ここなら、私が探しているものが見つかるような気がするのです。ひと花咲かせたい、などとは言いません。雑用でも、何でもかまいません、ここに置いてはもらえないでしょうか」

男は世話人の足元に目をやった。その踵《かかと》からは、白い根っこのようなものが伸びていて、老人の髭へとつづいていた。あるいは、この世話人も、また。

「ここの風景の一部になりたいのです」

男は深々と頭を下げた。

「よろしくお願いします」

しばらくの間、男は微動だにしなかった。

「分かりました」

世話人は静かに言った。

「この屋敷は私ひとりで間に合っていますので置いてさしあげることはできませんが、あなたのお心は、しかと受けとめました。これを持って行かれるとよいでしょう」

世話人は、老人の髭の中から短いものを選びだし、ぴんと抜いた。

「これは……」

「山を降りたところで、ご自身のどこかにつけてみてください」

不思議がりながらも、男はそれを受け取った。

世話人は、それ以上は語らなかった。

山道まで戻ってくると、男はもらった髭を顎《あご》のあたりに当ててみた。

すると、次の瞬間、奇妙なことが起こりはじめた。

顎につけた髭はぐんぐん伸びて、男の視界に入ってきた。髭は細かく枝分かれしながら、みるみるうちに下へと向かう。地面に届くや否や、土に入り、先へ先へと進んでいく。それは屋敷に向かう斜面をのぼっていって、あっという間に見えなくなった。

時間が経《た》つにつれ、男の体はだんだん茶色を帯びていった。しかし、その顔には慌てる様子は微塵《みじん》もない。代わりに、とても穏やかな表情が浮かんでいる。

男は、周囲の草花や木々をゆっくりと見渡した。

口元にかすかな笑みを浮かべると、花吹雪に包まれながら、じっと動かなくなる――。

あるところに、不思議な山があった。

そこは、花盛りの異なる花々が一斉に咲き乱れる山だという。

山道には、立派な幹をもった藤の木が立っている。樹齢も定かでない大きな古木だったが、数多《あまた》ある藤の中でも特に美しい紫色の花を咲かせるといって、いつしか評判が立った。

やがてその下に茶屋ができ、旅人たちの憩《いこ》いの場として名が知れた。茶屋の団子は藤団子などと呼ばれ、道行く人々に末永く愛された。

Star-
fish

アメリカで最も暗い夜空を誇《ほこ》るといわれる、ユタ州の自然豊かな国定公園。最も暗い夜空というのは、裏を返せば最も星の美しい場所ということである。

おれはアメリカ人の友人に連れられて、公園内にある自然が削りだした天然の岩の橋――オワチョモ・ブリッジを訪れていた。

これでもかというほどの満天の星に、天の川が大きく横たわっている。眺めていると遠近感が次第に失われてきて、酔ってしまいそうなほどだ。

友人は担いだリュックを地面に降ろすと、横に差さった二本の竿《ロッド》を引き抜いた――。

「Would you like to go fishing ?」

そう声を掛けられたのは、一週間ほど前のことだ。彼は留学でできた最初の現地の友人で、短い間におれを様々なところに連れていってくれた。

ニューヨーク、ボストン、ロサンゼルス、シアトル。

そんな友人が、今度は釣りに行かないかと誘ってくれたのだ。

すぐに頭をよぎっていたのは、ブラックバスのことだった。アメリカはバス釣りの聖地であり、小学生のころ漫画で知って以来、ある種の神聖な場所として認識していた。

その本場、アメリカで釣りができる。

カリフォルニアに行くのだろうか、フロリダに行くのだろうか……。

バスにまつわる知識が思いだされて、自《おの》ずと期待は高まっていく。

おれは断るはずもなくその申し出を快諾して、当日を待ち望んだ――。

しかし、飛行機に乗って連れてこられたのは、馴染《なじ》みの薄いユタ州だった。

いったい、どこに行こうとしているのか。

尋ねてみても、友人はファンタスティックな釣りができるからとしか教えてくれなかった。そして長い道のりをひたすら歩いて辿《たど》りついたのが、水気など微塵《みじん》もない場所――オワチョモ・ブリッジなのであった。

陽《ひ》も次第に暮れてしまい、やがて星月夜のみの世界となる。

友人はランタンを灯《とも》してあたりを照らすと、釣りの準備をしはじめた。

ちょっと待ってくれ。

信じて友人についてはきたが、さすがにおれは口を出した。

「こんなところで、何をしようとしてるんだよ」

友人は親指を立てながら、にこやかに応えた。

「Of course, fishing.」

いやいや、ちょっと待ってくれって。

「釣りって、どこでするんだよ……」

「Here」

友人は、こともなげに地面を指した。

ここと告げられたところで、岩以外に何もない荒野である。おれは友人の正気を疑わざるを得なかった。

「それじゃあ聞くけど、こんなところで、何を釣ろうっていうのさ」

半ば呆《あき》れながら尋ねると、友人は秘密を打ち明けるように言った。

「Star-fish」

それは聞いたことのない単語だった。

「スターフィッシュ？」

「そう、今夜おれたちが狙うのは、スターフィッシュだ」

「ブラックバスじゃなくて？　こんな場所で？　川も湖も見当たらないのに？」

立てつづけにぶつけると、友人は笑った。

「こんな場所でしか狙えないんだよ。それに、川ならあるじゃないか。あそこに」

振り仰いだその視線の先には、眩《まばゆ》い光が溢《あふ》れていた。

「天の川が」

「天の川……？」

「そう、スターフィッシュは、天の川に棲《す》む魚なんだ」

「Really…?」

アメリカンジョークだろうかと思った。

が、友人からはそんな気配は微塵も感じられない……。

「まあ、見てなよ」

そう言うと、友人はリュックから何かを取りだした。ルアーケースのように思えたが、中を覗《のぞ》いて息を呑《の》んだ。

そこには、ピンポン玉ほどの大きさのものがいくつも詰めこまれていた。それらが何を模しているのかは一目で分かった。

金星、火星、木星、土星……ミニチュア版の惑星である。

淡く発光しているその球の尻には、三本針のフックがついている。

「もしかして、これがルアー……？」

「そう、こいつで獲物を釣りあげる」

でも、と、おれは言う。

「どうしてこんな形を……」

ルアーは小魚の形をしているのが一般的だ。そうでなくとも、魚の注意を引くようにキラキラと金や銀に派手に輝いていたりする。

「スターフィッシュは本物の惑星と間違えて、本能でこれに飛びつくんだよ。集魚《しゅうぎょ》灯《とう》にどうしようもなく引かれてしまう魚みたいに」

彼はつづけた。

俗にいう流れ星。あれは、活性化したスターフィッシュが地球に引かれて付近を素早く泳ぎ回っている姿なのだ、と。そしてスターフィッシングでは、同じように惑星型のルアーに獲物が飛びついてきたところをうまく食いつかせて釣りあげるのだ、と。

言い終わると、友人は地球に似た青いルアーをチョイスして、二本のロッドの先に結びつけた。その片方を自分の手に持つ。

まあ、だいたいこんな感じで——。

言うが早いか友人はロッドを振りかぶり、夜空に向かってルアーを投じた。ラインがひゅんと音を立てて出ていって、ルアーは地面に落ちることなく一直線に天の川へと飛んでいく。見えなくなってしばらくすると、彼はリールを回しはじめた。

遠近感は、とうにない。

すぐにルアーが夜空から手元に戻ってきて、友人は間髪容《い》れずにロッドを振った。ひゅんとラインが出ていって、またリールを巻いていく。

おれはふと、疑問に思った。

スターフィッシュは惑星に反応するのだと友人は言った。それならば、ルアーも急いで動かしたりせず、惑星のように宙でじっとさせておいたほうがいいのではないか……。

尋ねると、彼は言った。

「おれたちにとっては止まってるように感じるけど、惑星は公転してるだろ？　スターフィッシュにとってみれば、高速で移動してるわけだ。だから、ルアーにもスピードが求められる」

友人は手を止めて、ロッドをこちらに差しだした。

さあ、説明はこれくらいにして、やってみなよ。釣りをやってたんなら、すぐ呑《の》みこめるさ。

ただし。

「釣った魚はキャッチアンドリリースが原則だ。美しい星空を保《たも》つためにね」

おれは不思議な気持ちを抱きながらも、バス釣りの要領でルアーを投げた。それは天の川のほうに飛んでいき、数瞬後、着水したような感覚が手元に宿る。

ルアーに緩急やアクションをつける釣りとは違い、素早い速度で巻いては投げ、巻いては投げをただひたすら繰り返す。体力勝負の釣りでもあるなと、おれは思う。見上げたままの姿勢で首は少し痛くなったけれど、退屈にはならなかった。星空をぼんやり眺めているだけで心が深く満たされるのだ。

白銀に輝く空の川。

大自然——いや、宇宙との壮大な駆け引きである。

「おおっ！」

ふと隣に目をやって、おれは声をあげた。友人のロッドが撓《しな》っていたのだ。

「Star-fish !?」

興奮して尋ねると、友人は「No」と残念そうに肩をすくめた。

「ストラクチャーだ」

障害物《ストラクチャー》……根っこや杭《くい》にルアーが引っ掛かってしまうのは、たしかに釣りには付き物だ。が、天の川にそんなものがあるのだろうかと首をかしげた。

「宇宙ごみ」

もしくは、と、友人。

「人工衛星だろうね。ときどき引っ掛かることがあるのさ」

彼はしばらく、ぐいぐいとロッドを動かしていた。そのうち諦めたようで、ラインを強く引っ張って、ぷつんと切った。

次のルアーを結び直して、また投げる。

荒野に二人で並ぶ間に、友人はいろいろなことを教えてくれた。

スターフィッシングには、それを生業《なりわい》にしている人たちがいるということ。プロのスターフィッシャーは、各地で開かれる大会の賞金で生計を立てているのだという。

ワールドツアーも存在する。ニュージーランドのテカポ、スイスのマッターホルン、ハワイのマウナケア……星空で有名な場所で開催される大会には、世界中から猛者《もさ》たちが集う。

スターフィッシュの優劣は大きさでは決まらない、その光の強さで決まるのだとも教えてくれた。より光る個体ほど、引きも強い。スターフィッシャーたちは釣りあげた獲物を持ち寄って、光量計で光を計って勝敗をつけるわけである。

過去には、ボリビアのウユニで計測不能のスターフィッシュが釣りあげられたという記録も残っていると友人は言った。烈《はげ》しく輝くそれがあたりを照らし、現場は深夜であったにもかかわらず昼間のごとき明るさだったという——。

と、そのときだった。巻きつづけていたおれのラインが、とつぜん張った。

一瞬、ストラクチャーかと考えた。けれど、ロッドの先はびくんびくんと脈打っている。

当たりだ！

確信すると同時に友人も気がつき、叫んでいた。

「Star-fish!」

ピンと張ったラインは勝手にどんどん出ていって、リールはきゅるきゅる悲鳴をあげる。

「Yes, yes, yes…」

いいサイズだぞ！

友人は自分のロッドを放りだして声援をくれる。

「落ち着け！　無理に引くな！」

おれは慌てながらも、なんとか平静を取り戻して体勢を整える。

大自然との大勝負が幕を開ける。

引きが強い間は無理に巻きあげようとせず、ラインをわざと出してやる。そして弱まったタイミングを見計らって、すかさず巻く。対する相手は、その逆をつくよてくる。

時おり、スターフィッシュが身体《からだ》を震わせ暴れているのがロッドの先から伝わってくる。針を外されないように、ラインを切られないように。全神経を集中させて、獲物と闘う。

ラインは行きつ戻りつを繰り返す。

やがて友人が声を張った。

「Look !」

強烈な光が天空に現れ揺れていた。

スターフィッシュ――。

ぞわりと武者震いが走る。

落ち着け、落ち着け、そう自分に言い聞かせる。

獲物の輪郭が見えはじめ、眩い光で周囲の景色は白く浮かぶ。

二十メートル、十メートル。

五メートル、二メートル。

ロッドを左手に預けると、おれは右手を空に伸ばした。

魚体に触れようかという、その瞬間だった。

バチンッと大きな音が響き渡った。

ラインが切れた——悟ったおれは逃げるそいつを捕まえようと反射的に身を乗りだした。

「危ないっ！」

刹那《せつな》、おれは強い力に引き戻されて、気がつくと尻もちをついていた。

何が起こったのか分からなかった。

「気をつけろ！　落ちるところだったじゃないか！」

見ると、すぐそこは崖だった。

友人は呆《あき》れ声で口にした。

「釣りは、いつでもできるんだ。命を落としたら意味がない」

おれは息を整えながら、あたりを見やった。

そこにはもう、スターフィッシュの姿はなかった。

「But」

友人は残念そうな顔でつづける。

「逃がした魚は、でかかったなぁ……」

おれたち二人は高揚感を引きずったまま、空を見上げた。

いまはもう、夢の跡を眺めるより他はない。

悔しさが、じわりじわりとこみあげてくる。

夜空に戻ったスターフィッシュが残した痕跡。

天の川はひどく波打ち、白銀の波紋が円になって幾重にも広がりつづけていた。

帰省瓶

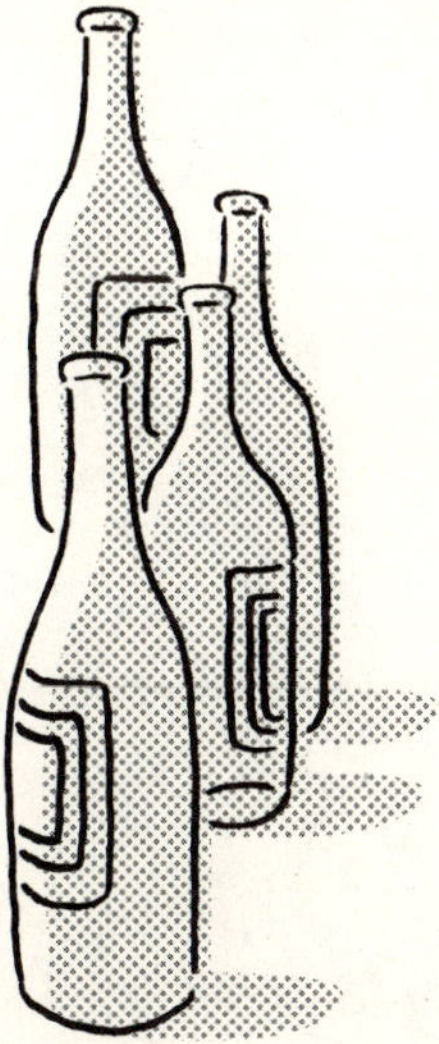

インターネットで帰省の飛行機を探していたときのことだ。予約が遅くなり、どこを見てもキャンセル待ち。しまったなぁ、と、これまで延ばし延ばしで放っておいてしまったことを後悔していた。

「今年は夜行バスかなぁ、最悪、新幹線と電車を乗り継ぐかぁ……」

飛行機はもう無理かなぁと、あきらめかけていた、そのときだった。ネットサーフィンをするうちに、広告スペースに妙な文言が現れて、私は注意をひかれたのだった。

帰省するなら《帰省瓶《きせいびん》》

座席数、残りあとわずか！

飛行機の予約が取れずお困りの方はこちら。

「なんだ、ビンの字がまちがってる。あやしいなぁ……」

とつぶやいてはみたものの、いまの自分にとってこれ以上の救いはなかった。ほかの交通手段は、何としても避けたいところだったのだ。

「実家が遠いと、これだけがなぁ……」

ぶつぶつ言いながら、私は広告文をクリックしてみた。見るだけなら、どうせこちらはタダなんだし。

「なになに、当社は新規参入のサービス会社で……」

だらだらと、創業理念を言い換えただけの同じような文がつづいたが、要するに、飛行機が混みあう季節、予約が取れずに困っている帰省客を支援するために生まれたサービスらしい、ということだけは理解できた。

「株式会社ガラビンス……へんな名前だな」

でも、バスも電車も、どうせ疲れるし高いんだから、たまにはこういうのに手を出してみてもいいかな。私は、あまりよく考えず、予約の手続きをはじめた。こういうときは、えいいや、と決めることが肝心なのだ。

その店舗は、空港のそば、レンタカー会社に挟《はさ》まれるようにしてひっそりと佇《たたず》んでいた。

店の前にはビール瓶が山積みにされており、作業服をきた何人かがホース片手にそれを洗っている。ぱっと見ただけでは、何の会社か分からなかった。私は、その様子を横目で探りながら中へと入っていった。

そこは、受付カウンターと手荷物を運ぶベルトコンベアのような機械、それとなぜか大量のビール瓶が置かれてあるだけのとても妙な空間だった。

誰もいないので、私はそばのベルを押してみた。

「ああ、はいはい、いらっしゃい」

現れたのは、どうにもうさんくさそうな男だった。

「あの、ここがガラビンスさんですか」

「ええ、そうですが、なにか」

男がそっけなくそう言うので、私は少々、面くらってしまった。

客かもしれない、ということくらい想像がつきそうだけどなぁ。そう思ったものの、機嫌を悪くされて下手《へた》に揉《も》めてもつまらないと、気にしないことにした。

「予約の者ですが」

「ああ、帰省瓶の。はい、どうも。よろしくねー」

と、感情のこもってない声で言った。

おいおい、ずいぶん適当な態度をとってくれるなぁ。私は不安になって聞いてみた。

「あの、ほんとにここから飛行機に乗れるんでしょうか？」

するとと、男はふんと鼻で笑った。

「しろうとが疑ってやがるよ」

男の信じがたい暴言に、私は耳を疑った。そして、怒りがあとから追ってきて余計なことを言ってしまった。

「ちょっと……こっちは客なんですよ、そんな言い方はないじゃないですか」

これが、いけなかった。

「えらそうに言えたことですか。あなた、どうせ飛行機の予約を先延ばしにしているうちに、予約がいっぱいになって乗れなくなったクチでしょう。いいんですよ、こっちは搭乗をお断りしても。あなたが帰れなくなったって、こちらにとってはどうでもいいことだ」

客に向かって言っているとは到底思えない、ひどい言葉だった。が、図星なのでとっさに言い返すことができなかった。

「やっぱり。ほら、乗るんですか、乗らないんですか。さっさと決めてくださいよ」

そこをチラつかせるのは、ひきょうだよ。

「……お願いします」

そう答えざるを得なかった。

しかし、創業理念であんなにも熱く語ってあった気持ちは、いったいどこにいったのだろう。帰省客を支援するサービスだって？　こんなので、よく言えるなぁ。まあ、社長の考えと現場の社員の考えは、だいたい同調していないものだ。ここの会社でも、社長の考えが現場にまで降りてないんだな、きっと。

「社長、急がないと今日はこれからお客さんがたくさん来るんですから」

と、奥から出てきた若者が男に向かって声をかけたので、私は目を丸くした。こいつこそが社長だったとは。創業したときの気持ちは薄れちゃったのかなぁ。言行不一致とは、このことだよ。

「じゃあお客さん、さっそく乗ってもらうから。早く入って」

男はそう言って、置いてあったビール瓶を手にとった。そして、こちらに向かって瓶の口を差し向けた。

「さあ、乗って乗って」

その謎の行動に、私は首をかしげるばかりだった。

「何がです。飛行場に向かうんじゃないんですか？　どうしたんです、ビール瓶なんか構えて……」

「いやだなぁ、お客さん、もしかしてサービス内容を理解しないまま来ちゃったんですか」

いったい、何のことを言っているのだろう。サイトには、そんなことは書かれてなかったはずだけど……。

「いいですか、お客さん。うちの会社はこの瓶に乗ってフライトしてもらうことになっているんですよ」

社長は、いかにもめんどくさそうに説明をはじめた。

「帰省ビンと書いてあったでしょう？　どうせちゃんと読んでいないんでしょうから覚えてないかもしれませんけど、ビンというのはこっちの瓶という字が書いてあったはずですがね。うちの会社のサービスは、お客さんにこの瓶に入ってもらうことで成り立っているんですよ。帰省するために入る瓶だから、帰省瓶。実にシンプルな話です。ふつうの人なら、混乱の仕様がない」

何を言っているのだろう。

「あーあ、目をまぁるくしてるよ……じゃあ、ちょっとやってみるから見ててください」

社長はあきれ顔でそう言って、ビール瓶を従業員のほうに向けた。

と、そのときだった。信じられない出来事が目の前で展開された。

なんと、従業員がひゅるっと瓶に吸い込まれていったのだ。そして、ビール瓶の中に小さくなった姿で収まっている。私は驚きで声を出すことができなかった。

「はい、これで完了。さすがに理解できましたかね。あとはこれを、飛行機に積みこむだけです。もちろん、配送の荷物として。これだとたくさんの人が飛行機に乗り込めるでしょう？　需要の多い年末年始やお盆の時期にはもってこい。そういうことですよ。分かりましたか」

私はまだ理解が追いつかず、まばたきを繰り返していた。

「……いったい、どうやったんですか？」

よく見ると、ビール瓶の口には、何やら細かい機械が取り付けられている。

「そりゃあ企業秘密ですよ。うちみたいな中小企業が、簡単に技術を明かすわけもないでしょうが」

そりゃあそうだろうけど。

そのとき、ふと、外からがやがやと大勢の話し声が聞こえてきた。振り返ると、店の敷地に家族らしき客が何組か入ってくるところだった。

「お客さん、ちょっと横にどいててもらえるかな。とろとろしてるから、先にあっちをやっちゃうよ」

私は隅《すみ》へと追いやられ、客たちが店へと入ってきた。

様子を眺めていると彼らはすでに要領を心得ているようで、男と軽口を交わしながら、さらりと書類にサインをしはじめた。そして、それが終わった者から男の構える瓶に次々にひゅるひゅるひゅるりと吸い込まれていく。またたくまに、何本ものビール瓶がカウンターに並んだ。

その瓶を、こんどは従業員たちが順番にビールケースへと詰め込んでいく。一ケースが埋まるとベルトコンベアに載せてスイッチを押した。ビールケースは、すーっと店の奥へと消えていった。

流れるような無駄のない作業に、私は妙に感心してしまった。

「あれを空港まで運ぶというわけなんですねぇ」

どういう技術が使われているのかは分からないけど、なるほど、この男はきっとものすごい腕利きの技術者なのだろうなと思った。同時に、無愛想な態度にいくぶんか納得もした。技術屋がみんなこうとは言わないけれど、なんとなく、世間的なイメージと合致しているではないか。

「でも、こんなすごい技術があれば、もっとうまいことできそうなのに。何かが間違っているような……」

思わず心の声をもらしてしまった。

「じゃあ、あなたがやってみてくださいよ、そう思うのなら」

相変わらず、とげのある言い方をしてくれるなぁ。

「いや、そういうことが言いたいのではなく……」

「自分でできないのなら、なぜ言ったんです。まったく、最近は何もできないくせに口だけはえらそうなことを言って、人のやる気をそぐのが得意なやつばかり増えて……」

ぶつぶつ。

「すみませんでした……」

ぶつぶつぶつ。

「ところで、瓶は運んでいる途中で割れないんでしょうか……?」

不安な点は、たくさん出てくる。

「割れるかもしれないし、割れないかもしれません。なにしろ、瓶はふつうのビール瓶を再利用して使っているので」

そりゃあ困るなぁ。

「途中で割れたら、どうしましょう」

「だから保険があるんじゃないですか。これですよ」

男は、すかさず用紙を取り出した。

「ここにサインするだけです。料金は、あとで飛行機代と一緒にいただきます」

それを見て、閉口する。

「なるほど安くはないんですねぇ……」

「いやなら、加入しなければいいでしょう。もっとも、その場合はいかなることが起こっても一円の補償もありませんがね」

不安をあおる言い方をするよねぇ。

「あるいは、クラスを上げるか、ですね。いまはエコノミークラスなのでビールケースへの収納となっていますが、ビジネスクラス以上なら一本一本クッション材で包んで丁寧に扱われるので、割れる心配もなくなります。それに、クラスが上がると瓶も大きくなるのでくつろぐスペースも広くなりますよ」

「いくら上乗せすればそっちに変えられるんですか」

男は電卓をはじいて、何やら計算をはじめた。

「時価なので、いまはこれくらいです」

「無理ですねぇ」

仕方がないので、結局、内容も定かでないあやしい保険に加入することになった。

「座席指定はどうしますか」

要は、ビールケースの中での位置を聞かれているということか。何でもいいです。

「で、到着はどこになるんですか。向こうの空港の手荷物のところでしょうか」

私は、ほかの手荷物と一緒にビールケースがベルトコンベアを流れる様子を想像した。

「ぜんぶサイトに書いてあるんですけどねぇ。それに、読んでいないにしても、帰省瓶と名前がついているんだから想像くらいつくでしょうよ。まあ、いいです。時間の無駄だから教えますよ。届け先は、あなたの指定したところです。つまり、実家といえば実家まで、宅配ボックスを指定されれば、宅配ボックスまでですよ」

「その宅配なんとかというのは何ですか」

「それも知らない。ほら、最近はマンションとかについているでしょう。本人が不在のときに業者が荷物を入れておけるロッカーみたいなやつのことですよ」

「へぇ、そんなのがあるんですか。でも、私の実家は一軒家ですし、そんなものはついてなかった気が……」

「知りませんよ。そのうち、一家に一台、宅配ボックスという時代が来ればいいですね」

適当な物言いだなぁ。とりあえず、自分は使えないサービスらしいということは理解した。

「さあ、もういいでしょう。もたもたしている時間はないんだ。じゃあ、料金をいただきます。往復で、この価格です」

「往復？　帰りはまだ席が空いているようだったので、あとで決めようと思っていたんですが……」

「往復で買ってもらえることを前提にしているからこその低価格なんですよ。書いてあったでしょう、サイトに。ちなみに片道だけなら、これくらいですね」

電卓ぱちぱち。

なんと、往復の倍以上の値段を提示されてしまった。あやしかったら帰りだけ変えようと思っていたのに、無理そうだなぁ。最悪、別料金を払ってほかの手段で帰ってくるしかなさそうだ……。

「まあ、別にやめたっていいんですよ。座席だって限られているんですから。あなたにいやいや乗られるくらいなら、ほかの望む人にゆずったほうが、こちらとしても気持ちが良い。それに、ここをキャンセルしたら、どうやって帰るおつもりです？　まさか、帰らないんですか？　郷里で待つ親御さんのお気持ちを考えると、胸がいたくなりますねぇ」

「乗ります、乗りますよ」

男は、満足そうにうなずいた。

「では、あとはこれに出来高がつきますが、その分は着いてから現金でお支払いください。なにしろ、出来高と言うくらいなので」

「なんですか、それは」

「フライトがうまくいったら、プラスで支払ってくださいということです、これくらい」

はいはい、払いますよ。

かくして、私はビール瓶の中に閉じ込められた。

いざ入ってみると、環境は最悪だった。何しろ、ビールくさいのだ。

底が湿っていたので、おそるおそるなめてみると、まさにビールそのもの。洗ってない瓶を使ったんじゃないのかなぁ……。

中は窮屈で、とてもじゃないが身動きがとれる状態ではなかった。エコノミーにも、ほどがある。これが数時間つづくなんて、耐えられそうもないよ……。

「おーい、ここから出してくれぇ」

上に向かってそう呼びかけてみたが、反応なし。

いっそ、もっと身体《からだ》を小さくしてくれれば余裕もあってよかったのに。と私は思う。人の身体をビール瓶に入るサイズに縮めることができるのだから、技術的には不可能ではないと思うんだけどなぁ。指摘すると、自分でやれと怒られそうだけど。ああ、変なものに手を出すんじゃやなかったなぁ。

そうこうする間にも、私はベルトコンベアに載せられて、ガタゴト運ばれていった。

空の旅は不快きわまるものだった。ひどい揺れに加えて、ビールのにおい。いろいろなものに酔った私は、何度も戻しそうになるのをこらえるのに必死だった。もはや、帰省のときの高揚した気持ちや、郷愁の念にひたる余裕は皆無だった。

そして、飛行機から手荒に降ろされ、乱暴に配送車に載せられて、ようやく着いたころには、もはや文句を言う気力も失《う》せていた。最後は瓶を逆さにされて、ぶんぶん振られて地面へと転がり落ちたのだった。

「はい、運びましたよ。では、代金をお願いします」

私は、配送の若者を少しにらみつけながら言った。

「出来高なら、払いませんよ」

「いいえ、デポジットの分ですよ」

「なんの」

「瓶の。サイトを読んでないんですか？　帰りの瓶を直前にキャンセルされてビール瓶を持って行かれちゃあ、かないませんからねぇ。資源は限られているんだから。それでうちでは、デポジット制を採用しているんですよ。デポジット分のお金は、ちゃんと帰りに瓶を戻していただけたら返ってきますので、安心してください」

そう言って、高額を請求されたあと瓶を手渡された。帰りはその瓶をもってきて、勝手に入っておいてくれという。言いたいことはたくさんあったが、おおせのままに従うしかないのだろう。

「瓶をなくしたらデポジットは返ってきませんので、ご注意を」

「はいはい……」

と、若者は何かを思いだしたような表情になった。

「ああ、そうそう、これを渡すのを忘れていましたよ」

そして、チラシのようなものを取りだした。

「今度うちの会社が新しいサービスをはじめるんですよ。ぜひチェックしてみてください。それでは、次の配送がありますので」

若者はビールケースが山積みにされたトラックの扉を閉めて、いそいそと走り去っていった。

その様子を見届けたあと、ビールくさい服に顔をしかめながら手元のチラシに目を落とす。そこには大きな文字で、旅行パックと書かれてあった。

私の中には、もはや嫌な予感しか湧いてこない。

「また洗浄前のに詰められでもしたら、今度はビール瓶どころの騒ぎじゃないだろうなぁ……」

どうせ牛乳パックなんぞに詰められて、まとめてどこかに配送されるのがオチなのだ。

竜宮の
血統

「そうか、おまえも見たか」

父は静かに口を開き、それきり黙った。その様子に、おれはただならぬ気配を感じた。

孤高の天才画家。

世間は父を、そのように呼んで激賞する。父は口数の少ない人間で、おれとはおろか、母とさえもほとんど会話を交わすことなく、自宅を兼ねたこの海辺のアトリエで制作に没頭する毎日だった。

父はアトリエの様子を一切見せようとはしなかったが、おれは子供のときに一度だけ、開いた扉の隙間から、偶然、中を目にしたことがあった。アーティスティックに染めあげられた奇抜な色の髪を振り乱し、キャンバスを勢いよく塗りつぶす。その姿は何かを振り払おうとしているかのようにも見え、空恐ろしさを覚えたものだった。以来、父のアトリエに足を踏み入れたことはない。

しかし、そんなおれも、いまでは父と同じ画壇に立つ人間となった。筆をとるようになってから、父から技を盗もうという思いが少しずつ芽生えていったのは自然なことだろう。

父は、銀の作家と称された。

深みのある独特の銀色で描かれた絵を見ていると、誰もが遠いどこかへ連れて行かれるような不安に襲われる。それでいて、一度目にすると時間を忘れてじっと見入ってしまうのだ。その悪魔的魅惑が、父最大の持ち味とされていた。

おれは何度か、父の使う銀色について尋ねたことがある。あの独特の銀を生みだす銀泥《ぎんでい》は、いったいどこから得ているのか……。

だが父は、いずれ分かるときがくる。それだけ言って、決して教えてはくれなかった——。

長い沈黙のあと、父はようやく口を開いた。

「おまえが見たのは、リュウグウノツカイだ」

「リュウグウノツカイ……」

おれは父の言葉を復唱した。

「ああ、そういう名前の生き物が存在していてな。海の神が住むところ——竜宮からの使いという意味で、そう呼ばれるようになったそうだ。実際、謎の多い生き物でな。おまえが夢で見たのは、まさしくそれだ」

「へぇ……」

言いながら、おれは夢に現れた奇妙な生き物のことを思い返した。

銀色に怪しく光る、長く太い身体《からだ》。頭部から尾までびっしり生えた、鮮やかな赤いヒレ。深い闇の奥底からクネクネとのぼってくるそれは、神々しくも不吉なものを感じさせた。そのぎょろりと見開いた眼球と目があったところで、おれはベッドから飛び起きたのだった。

「明日の朝、浜に行ってみなさい」

父は命令するような口調で言う。

「浜に？　なんでだよ」

「明日それは、浜に打ちあがる」

「〝それ〟って、リュウグウノツカイが……？」

「そうだ」

父は頷《うなず》いた。

確信に満ちた言い方に、おれは違和感を覚えた。

「なんでそんなことが分かるんだよ」

すると父は、ぽつりと呟《つぶや》いた。

「神迎だからだ」

「カミムカエ……？」

「ああ、おまえの見た夢は、そう呼ばれるものなんだ」

神妙な面持ちで父はつづける。

「にわかには信じがたいかもしれないが、うちは海とつながりの深い家系でな。おれたちの先祖は大昔、竜宮から地上に逃れてきた人々だとされている」

「なんだって？」

おれは思わず目を見開いた。

「詳しいことは、いまとなっては何も分からん。ただ竜宮から逃れてきた。その事実のみが脈々と伝えられているだけだ」

しかし、と、父は言う。

「そんなことよりも重要なことがある。人々は、逃げたはいいが海の神から完全に逃げ切ることはできなかったんだ。だからおれたち竜宮の血統にあたる一族には時期が来ると必ず竜宮からの使者がやってきて、それがそのまま身体の中に宿るようになってしまった。おまえの夢に現れたリュウグウノツカイが、その使者だ。そして夢を見た翌日には、決まって近くの浜にリュウグウノツカイが打ちあがる。それがおれたち一族の必ず通る道なんだよ。おまえの中にも、もうそれが宿っている。運命からは、どうあがいても逃れられない」

父の言葉には、諦《あきら》めの色が滲《にじ》んでいた。

おれは怖々、父に尋ねた。

「……使者が宿ると、何が起こるんだよ」

「明日になれば分かる。それよりも、ずっとおまえが知りたがっていたおれの銀泥のことなんだが」

父は突然、話を変えた。

「あれはな、リュウグウノツカイからとれたものだ」

「あの生き物から……？」

「リュウグウノツカイの身体からは、銀粉がとれる。それを集めて乾かしたものが、おれの使っている銀泥の元だ」

「じゃあ、むかし父さんも……」

「ああ、神迎の翌日に打ちあげられたものからな。おまえも手に入れたかったら、明日、浜に瓶を持っていくことだ。その代わり、銀粉を採集したら亡骸《なきがら》は手厚く葬ってやってほしい」

おれは言うべき言葉が見当たらなかった。

父はそれきり黙ってしまって、二度と口を開くことはなかった。

もやもやした思いを抱きつつ、仕方なくおれは自分の作業部屋へと引きあげた。

＊

翌朝、食卓につくと、ある異変に気がついた。

「あれ、父さんは？　アトリエ？」

いつも珈琲《コーヒー》を飲んでいるはずの父の姿がどこにも見あたらなかったのだった。

すると母が急に泣きはじめたから、驚いた。

「おいおい、どうしたんだよ」

いくら聞いても泣くばかりで、一向にわけが分からなかった。

と、不意に嫌な予感が頭をよぎった。

おれはすぐに家を出て、裏の浜へと駆けだした。

浜辺に出て周囲を見渡すと、銀色に光り輝くそれはすぐに見つかった。

――リュウグウノツカイ――

おれは一歩一歩、恐る恐るそちらに近づいていった。

父の言葉が響いてくる。

――神迎――

おれはハッと気がついた。

神迎という、その言葉の真意に。

父はおれに、海の神の使者が宿るとだけしか言わなかった。だが、迎えとは本来、連れ戻すという意味のはずだ。にもかかわらず、おれはどこにも連れて行かれることなく、こうしていまここにいる……。

おれは考える。海に連れ戻されるのは、神迎を経験してすぐのことではないのではないか。宿った使者は身体の中に潜伏して、やがて期が熟すと宿主を海へといざなう……。

まさか、と、戦慄《せんりつ》を覚えた。

消えた父。目の前に横たわるリュウグウノツカイ。

父の魂は海へと連れ戻されて、その抜け殻がここに残った……？

おれはパニックに襲われて、頭をかきむしった。

父のたどった運命。そしてこの先、自分を待ち受けているであろう運命。何かを振り払うように絵に没頭していた父の姿が頭の中から離れない。

そのとき、おれは降ろした手をふと見やった。そこには赤い毛がびっしりついていた。

瞬時のうちに、おれは自身に起こった変化を知るとともに、父のことをずっと誤解していたことを悟った。

父が振り乱していた奇抜な色の髪——リュウグウノツカイと同じあの鮮烈な赤髪

は、父が自分で染めていたのではない。あれは海の神によって刻まれた、焼き印のようなものだったのか、と。

砂寮

石段を上った先、大きな暖簾《のれん》をくぐった向こうにその店はあった。高い生垣《いけがき》に囲われた空間はひとつの小宇宙を成していて、夏の住宅街の気配はたちどころに消え失《う》せた。

扉を開け、薄暗い店内へと踏み入れる。

中央には飴《あめ》色の大きな木のテーブルが据《す》えられていて、客が数名、中には白い布を纏《まと》った砂漠の民のような人も腰かけていた。彼らの視線の先には小窓があり、降り注ぐ陽《ひ》に庭園のサボテンが輝いている。冷えたコンクリートの壁面が、対照的で心地《ここち》良い。

私はテーブルではなく、小窓に背を向ける格好のカウンター席のほうを選んで腰をおろした。

しばらくすると和装の女性が現れて、いらっしゃいませ、と控えめに言った。

「どうぞ、ごゆっくり」

差しだされたメニューを見て、私は心を躍らせた——。

招待状を譲り受けたのは、つい先日のことだった。

行けなくなったから、もしよければ……。

そう言って、多趣味で顔の広い友人が一枚の葉書をくれたのだ。そこには砂丘を背景にした写真とともに、こんな文字が書かれてあった。

——上記の期間中、極上の砂湯《さゆ》をご用意してお待ちしております。三雲《みくも》砂寮《さりょう》——

何の案内だろうと思っていると、友人は期間限定でしか開かない会員制のサリョウなのだと口にした。

サリョウ。

私は頭の中で、すぐにこう変換していた。

茶寮。茶室がある建物。

しかし、葉書のどこにも、そんな言葉は見当たらなかった。代わりにあるのは「茶」ではなく「砂」という文字だ。

友人はつづけて言った。

その店は、茶葉ではなく、厳選された砂漠の砂で湯を淹《い》れる砂寮というところなのだ、と。そして砂湯というのが、その飲み物の名前なのだ、と。

私は俄《にわ》かに興味を覚えた。

会員でなくとも招待状で入れてもらえるということで、ありがたく友人の言葉に甘えることにしたのだった――。

私は、上質な和紙でできたメニューをしげしげと眺めた。

そこには、こう書かれてあった。

サハラ砂漠　the Sahara

ゴビ砂漠　the Gobi

ナミブ砂漠　Namib Desert

どうやら、この中から好きなものを選ぶらしい。

どれにしようか決めかねて、私は女性に尋ねてみた。

「すみません、砂漠ごとに、どういう違いがあるんですか？」

女性は、穏やかな口調で応えてくれた。

「飲んだときに想起させるイメージが違うんです。それぞれの砂漠に違った特徴があるように」

たとえば、と、つづける。

「世界最大の砂漠、サハラ砂漠はイスラム教とゆかりが深く、その砂で淹れた砂湯も宗教的な色を感じさせるものになります。黄色い砂が特徴のゴビ砂漠は、かつてシルクロードの一部を担った砂漠でもあり、砂湯は古代文明を彷彿《ほうふつ》とさせます。それから世界最古のナミブ砂漠が感じさせてくれるのは、これまで地球が歩んできた時です」

分かるようで分からない説明だった。けれど、改めて聞くのも無粋と感じた私はメニューに再び視線を落とし、迷った末に口にした。

「ナミブ砂漠でお願いします」

黄色い間接照明の中、女性は静かに頷《うなず》いた。

砂湯とは、いったいどういう淹れ方をするのだろう。気になって、私は動作に見入っていた。

「それは……」

「砂を炒《い》るための、炒り器です」

女性が手にしていたのは、急須のような代物だった。

「これに砂を入れて焙煎《ばいせん》するんです」

そう言うと、女性は筒を取りだした。蓋を開けて銀色の匙《さじ》でひと掬《すく》いすると、オレンジ色の美しい砂が現れた。

それをさっと炒り器に入れて、弱火の上にかざして回しはじめる。

さらさらと、器の中を砂が擦《す》る音が聞こえてくる。

次第に香ばしい匂いが漂ってきて、私は聞いた。

「どうして、わざわざ炒るんですか？」

「香りを引き立てられるんです」

それから、と、女性は言う。

「封じられた砂の記憶を刺激して、活性化させることもできるんですよ」

女性は炒り器をそばに置き、柄杓《ひしゃく》を手に取る。焦茶色の鉄釜からお湯を掬うと、焙煎し終わった炒り器に移した。

炒り器はやはり急須の役目も兼ねていたらしく、女性はそれを鼠志野《ねずみしの》の湯呑《ゆのみ》に傾けた。砂が濾《こ》され、透明な液体だけが注《つ》がれていく。

ほんのりとオレンジ色に染まった砂湯が、私の前に差しだされた。

なんだか厳粛な気持ちになりながら、私は両手で湯呑を包んだ。

「……いただきます」

目を閉じて、ひと口含む。

その瞬間だった。

熱いものが舌を転がり、太陽を思わせる強い香りが口の中に広がった。

そこはもう、じりじりと陽《ひ》の照りつける砂漠だった。

思わず手を翳《かざ》してしまいそうになるほどの強い光を肌に感じた。身体《からだ》の内側からも熱気がこみあげてきて、汗が滲《にじ》みだしてくる。が、不快なものではまったくなく、香辛料が程よく効いた料理のようだ。

私は目を開け、女性に言った。

「砂の記憶というのは、こういうことなんですね……」

まるで自分自身が遥《はる》か遠くに存在する、砂漠の砂そのものになったかのように錯覚していた。

「ナミブ砂漠は、およそ八千万年前にできたといわれています。『ナミブ』とは、現地の言葉で『何もない』という意味です。八千万年の間、ただひたすら砂だけが支配しつづけてきた世界……そんな場所の砂で淹れるものですから、この砂湯一杯には地球の歴史がぎゅっと詰まっているとも言えます」

私はひと口ひと口味わいながら、ゆっくり湯呑を傾ける。

感覚の中のオレンジ色の砂漠には、言葉の通り、何もない。

と、腕に違和感を覚えて意識を向けた。Tシャツから伸びた腕の上を、サソリがとことこと歩いているのが目に入った。

一瞬、驚きはしたけれど、不思議と恐怖心は湧かなかった。サソリが幻想の類《たぐい》だと分かっていたから、というだけではない。それ以上に、こんな過酷な環境で命を育《はぐく》む生き物に、自然と敬意が湧いてきたのだ。

サソリは指先のほうへと歩いていって、やがて消えた。

砂湯を啜《すす》りつづけていると、不意に私は声をあげた。

「あれ……？」

「どうかされましたか？」

「あ、いや、砂湯が冷めてしまったみたいで……」

自分で言っておいて困惑した。それまでずっと砂漠の熱の中にいたはずなのに、突然、冷たいものに包まれたのだった。

冷めるにしても、こんなにいきなり冷めるものか……。

すると、女性が口を開いた。

「なるほど、それは冷めたのではなく、オアシスですね」

「オアシス……？」

「ええ、ときどきあるんです。いまお飲みになっている砂湯の砂は、かつてオアシスの一部だった時期があるのでしょう。お客さまは、その記憶に触れて冷たく感じられたというわけです」

言われてみると、たしかに水底《みなそこ》に沈んでいるような感じだった。陽の光は和らいで、水面で屈折したそれは何本もの光芒《こうぼう》をつくって降りてくる――。

砂漠の夜が鮮烈に感じられたひと口もあった。

満天の星。

それはまるで、太古から光を蓄えてきた砂が、空にひっくり返って散らばったかのようだった。

「……ほかの砂湯も飲みたくなりますね」

私は言った。

「どんな景色が見えるのか……」

アラビアンナイトの砂の町。

灼熱《しゃくねつ》に揺らめく蜃気楼《しんきろう》。

満月の夜を進んでいく、ラクダに乗った異国の民たち——。

私は最後の砂湯を飲み干して、砂漠の景色を後にした。

砂寮の魅力を知るには、十分すぎる体験だった。

「あの……もし可能ならば、私も会員にしていただけないでしょうか」

そう言わずにはいられなかった。

条件があるのなら、教えてほしい……。

懇願すると、女性は微笑《ほほえ》みながら頷いた。

「かしこまりました。では、これからは、ぜひご招待させていただきますね」

意外な言葉に、私は尋ねた。

「招待って……条件もなしに入会させていただけるんですか？」

「お客さまは、すでに資格を満たされています。砂漠の旅をされた方は、誰もがみな砂漠の民です」

砂漠の民、と呟《つぶや》いた。

「ですが、私は砂漠に行ったことなんて……」

「たったいま、砂湯を飲んで行かれたばかりじゃありませんか。それに、ほら、きちんと証《あかし》が」

女性は、私の腕を指さした。

そこには砂粒が点々と、何かの形についている。

「これは……」

戸惑う私に、女性は笑った。

「足跡ですね。おそらくサソリの」

セーヌの恋人

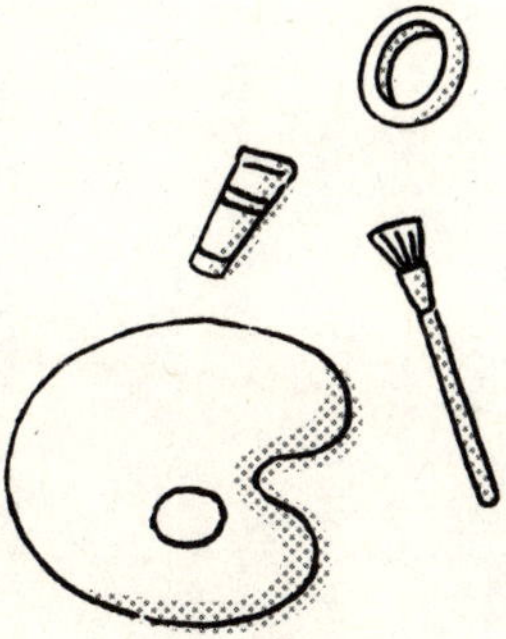

男が初めてパリを訪れたのは、十八のときだった。

画家として力をつけるための留学で、裕福な家庭に生まれ育った彼は、親の援助のもと彼《か》の芸術の都へと赴《おもむ》いたのだ。

シャルル・ド・ゴール空港から列車に揺られてパリの街に降り立ったとき、男はなんだか、このパリという街に受け入れられたような感じがした。心の内にはエネルギーが漲《みなぎ》って、望むことはなんでも果たすことができるだろう。そんな思いがこみあげた。それは、分別ある大人が聞けば即座に切り捨てるであろう考えだった。

しかし、いまや彼を遮《さえぎ》るものは何ひとつない。自由の街へとやってきたのだ。

男はモンマルトルに下宿を借り、そこを拠点にすぐに活動しはじめた。

一番に足を運んだのは、やはり美術館だった。

ルーヴルでは厳重に囲われたモナ・リザや、堂々たるミロのヴィーナスを目に焼きつけた。それらは、画集や写真で見るものとはまったくの別物と言えた。これが本物か……。彼は心を震わせると同時に、自らが登ろうとしている山の高さに圧倒された。

ルーヴルの対岸にはオルセーという美術館があって、印象派と呼ばれる画家たちの作品が多数所蔵されていた。モネ、ルノアール、モリゾ、シスレー。ここでも男は、やはり相当なショックを受けた。果たして自分に、これだけのものを描きうる器量があるのだろうか。しかもこれから通う美術学校には、時代を切り拓《ひら》きうる才能の原石たちが犇《ひし》めいている。自分はやっていけるだろうか……。

しかし男は、不安になりつつも腹をくくった。

やってやるぞ。

炎は静かに灯《とも》された。

男は昼のあいだ学校に通い、美術史や絵画の技巧などを学んだ。そして夜になると世界各地から集ってきた仲間たちと一緒に街へ出て、遅くまで飲み明かした。

芸術論からはじまって、文学や哲学、ときには理学や工学についてまで。話題は尽きることを知らなかった。彼らは、論ずるという行為自体に酔ってもいた。

男は、時間ができると仲間たちとヨーロッパを回る旅行を企画した。スペインに行ってピカソを見、オランダに行ってゴッホを見る。真の芸術とは、自分の目で見て初めて分かるものなのだ。そういう主張のもと、格安の航空券を握りしめて欧州の空を飛びまわった。

ある穏やかな季節のことだった。

その日、たまたま夕方の授業が休講になり、男は次の制作の構想を練りながらセーヌ川沿いをぶらぶらと歩いていた。ルーヴルとオルセーを結ぶ大きな橋に差しかかり、欄干《らんかん》に凭《もた》れかかって景色を眺めた。

セーヌ川は、いつにも増して美しかった。

陽《ひ》の光を反射して、水面《みなも》が黄金色に輝いている。橋の下、足元からはクルーズ船がのんびり通り抜けていって、エッフェル塔の方角へと向かっていく。

気持ちのいい陽気だなぁ。

心の中で呟《つぶや》いて深呼吸をすると、男は再び歩きはじめた。

ゆったりと、一歩、二歩、三歩と進んだ、そのときだった。

「Hé《エ》, gars《ガル》!」

突然うしろから声を掛けられて、男は驚き振り返った。

そこには人が立っていた。

なんだろうと次の言葉を待っていると、その人物は男のほうへと近づいてきた。

「これを落としましたよ」

フランス語で言ったその声は、女のものだった。しかし、その姿は逆光でよく見えず、表情も年齢も読み取れなかった。

男は差しだされた女の手を見やった。そこには何かがつまれていた。逆光で見えない顔とは対照的に、それは黄金色に光っていた。首を傾《かし》げながらよく見ると、どうやら指輪のようだった。

男はすぐに口を開いた。

「ありがとうございます。ですが、ぼくのものではありませんね」

事実、彼は指輪を所有してなどいなかった。

しかし女は主張した。

「いいえ、あなたが落としたものです。すれちがいざまに」

「まさか」

　思わず声を出していた。

　すれちがいざま……そんなことがあるはずがないと男は思った。自分が歩きだしたとき、前に人などいなかった。人とすれちがいようがなかったのだ。

「これはあなたのものです」

　女は押しつけるように指輪を突きだす。

「あなたが所有すべきものです」

　だんだん彼は不信感を募らせた。

　自分は絶対に指輪を落としてなどいない。にもかかわらず、女は主張を譲らない。

　男はいま、よからぬことに巻きこまれそうになっているのではと考えた。落としたと偽って指輪を押しつけ、あとで盗まれたと騒ごうという魂胆《こんたん》だろうか。あるいは、押し売りよろしく、渡したあとで金を要求しようとしているのだろうか……。

　いずれにせよ、関わらないほうがいいだろう。

　そう判断し、指輪を強く女のほうへと押し戻した。

「いいですか、これは断じて、ぼくのものではありません。すみませんが、お返しします」

それでも女は執拗《しつよう》に食い下がり、しばらくのあいだ押し問答が繰り広げられた。

だが、とうとう男が勝り、女は手を引っこめた。

「それじゃあ、これで」

念押しのようにきっぱり言うと、踵《きびす》を返した。

ただ彼は、歩きだしたあとで女のことがなんとなく気になった。自分が無下《むげ》に扱ったからということもあったが、何かが心に引っかかったのだ。

だから男は、少し進んだあとでこっそりうしろを振り返ってみた。だが、どこに消えたか女の姿は見当たらなかった。煌《きら》めくセーヌ川に架かる橋には、彼ひとりしかいないのだった。

その夜、男はこの奇妙な出来事を溜《た》まり場に集まった仲間たちに話した。

「いやあ、しつこくて困ったよ」

話し終えて、苦笑する。

「最近、パリも物騒になってきたって聞くしなぁ」

肩をすくめ、武勇伝のごとき口調で語った。

観衆はおもしろそうに聞いていたが、その中でひとり、なぜだか終始、黙っている若者がいた。それはパリに生まれ、詩人を志している者だった。若者は盛りあがりに水を差すまいと口を閉ざしているようだったが、堪《こら》えきれなかったか、重い口を開いた。

「……それはまた、とんでもないチャンスを逃したな」

声には同情がこもっていた。

いったい何を言いだしたのかと、周囲の視線は一斉に若者へと集中した。

別の者がすかさず尋ねた。

「チャンスだって？　いったい何の？」

また別の者が聞く。

「まさか、ナンパだったとでも言うんじゃないだろうな」

からかいまじりの言い方に、場は笑いに包まれる。

「いや、そんな低俗なものじゃない」

若者は強く否定して、それから男に向かって言った。

「きみが会ったのは、セーヌの恋人だ」

「Excuse me ?」

男は思わず聞き返した。

「Sweetheart on the Seine ?」

「Yeah」

自信ありげな言葉に、一同はぽかんとなった。

若者は真面目《まじめ》な表情のまま語りはじめた。

「昔から、セーヌ川のほとりには恋の女神が現れると言われていてね。その女神を、おれたちパリの人間はセーヌの恋人と呼んでるんだ。

女神は人の姿をして現れる。セーヌ川の近くを歩いていると、突然うしろから声を掛けられるんだ。指輪を落としましたよってね。その指輪を受け取ると、必ず素敵な恋に巡りあう。そして生涯を共にする素晴らしい伴侶に恵まれるというわけだ」

若者は言う。

「おれは物心ついてから親に聞かされて知ったんだけど、最初は都市伝説のたぐいだろうと思ったよ。でも、同じ話をしてくれたのは親だけじゃなかった。いろんな人が、みんな本気で信じてるんだ。中には実際にセーヌの恋人から指輪をもらって、それで幸せないまがある。そう話す人とも出会ってね。その人は黄金色に輝く指輪を見せてくれた。神秘的なオーラをまとってたよ」

男は躊躇《ためら》いながら若者に尋ねた。

「おいおい、冗談だよな……？」

若者は首を振った。

「冗談なんか言って何になる。おれは事実を話してるだけさ」

しばしの沈黙のあと、男は苦し紛《まぎ》れといった様子でこぼした。

「……でも、おれの出会ったのは、普通の人だったかもしれないじゃないか」

「もちろん単に指輪を渡されそうになったってだけの話なら、おれもこんなことは言わないよ。女神にちがいないと思ったからこそ、切りだしたんだ」

「何を根拠に？」

「確信したのは、さっきのきみの話でだ。じつはセーヌの恋人には共通した特徴がある。人の姿をしてるんだけど、顔はもやに包まれたようになっていて見ることができないらしいんだ。そして指輪だけが黄金色に光っている。まさしくきみの会った人っていうのも、そんな感じだったんだろう？」

男は先刻のことを思いだし、口を閉ざした。

よくよく考えてみると、たしかにおかしな話だった。いくら逆光だったとはいえ、若者の指摘する通り、押し問答までした相手なのに女の顔はまったく分からなかったのだ。

若者はつづけた。

「だけど、驚いたよ。まさか身近なやつが女神に出くわすことになるなんて。パリの若いやつらは、みんなセーヌの恋人との出会いを夢見てるんだからなぁ。しかも、きみはその女神を振ってしまったわけだろう？　知らなかったとはいえ、もったいないことをしたものだ」

若者は心の底から気の毒そうな顔をした。

男の中では、急速に後悔の念がこみあげてきていた。

「その女神には、もう会うことはできないんだろうか……」

願うような気持ちで、尋ねてみた。

「さあ、どうだろう。おれはまだ、二回も女神に会ったなんて人の話は聞いたことがないけどね。運が良ければ、また会うこともあるんじゃないかな」

その曖昧《あいまい》な言葉は、後悔を加速させるには十分だった。

男はそれきり黙りこんだ。

時間だけが流れていき、やがて場の話題は別のものへと移っていった。

そちらが盛りあがっているあいだも、男はただ後悔に苛《さいな》まれ、上の空で話を聞いていた。自分はとんでもない機会を逸《いっ》したのではないか……。その思いだけが、胸の内で渦を巻いた。

恋と芸術は切っても切り離せないものだというのが、男の持論だった。素晴らしい恋は、素晴らしい芸術をもたらしてくれる。常々、そう考えていた。

にもかかわらず、自分はその千載一遇のチャンスを逃してしまった……。

悔しさはどんどん膨《ふく》らんだ。

翌日から男が女神を探し歩くようになったのも、ごく自然な流れと言えるだろう。叶《かな》うことなら、もう一度、会いたい。いや、真の芸術家になるためには、どうしても恋の女神と会わねばならない。

制作の合間を縫《ぬ》って、彼はセーヌ川のほとりをぶらついた。

人とすれちがったら、振り返らずにはいられなかった。

「落としましたよ」

そう言われることを望んだが、誰一人、そんな人はいなかった。

うしろから足音が聞こえてくると、途端に緊張感に包まれた。だが、身構えていても結末はいつも同じ。女神との再会を果たすことはなかった。

頭の中は、下宿兼アトリエにこもっているあいだも女神のことでいっぱいだった。

あのとき、自分はどうして指輪を受け取らなかったのか。

もともと、噂話《うわさばなし》や迷信のたぐいは信じない性格だった。ともすれば、鼻で笑ってすませるくらいのものだった。それなのに、女神の話は妙に心の中に残った。

「セーヌの恋人」

そう口にしたときの、友人の表情がよみがえる。

「きみは女神を振ったんだろう?」

台詞《せりふ》がこだまし、胸がざわつく。自分は、一生に一度しかないかもしれない大チャンスを、みすみす棒に振ったのだ……。

男は女神を求めて彷徨《さまよ》う日々を繰り返した。

「すみません、落としましたよ」

あるとき彼は、突然、声をかけられぎくりとした。

とうとうチャンスが訪れた！

瞬間的にそう思い、ゆっくり顔をうしろに向けた。

そこには若い女が立っていた。

「これ、落としましたよ」

差しだされたのは黄金色の指輪だった。男の胸は高鳴った。

「も、もらっていいんですか？」

しどろもどろになりながら、男は言う。

「ええ、あなたの落としたものですから」

恐る恐る、指輪を受け取る。ついにやったと、小躍《こおど》りしたい気持ちになる。

しかし、事情が変わったのは、女と別れてすぐだった。

「Guy！」

再び声を掛けられて振り返ると、同じ女がそこにいた。そして、首を傾げる男に向かって手を突きだしたのだ。

「You are a lucky guy. So, please give me a glass of beer !」

「What ?」

思わず聞き返す男に、女は同じ言葉を口にした。

あなたは幸運にも、落としたものをなくさず済んだ。それは私のおかげでしょ？

だからビールを一杯おごってよ。

詰め寄られ、身振り手振りで訴えかけてくる女の様子に、これはおかしいと思いはじめた。恋の女神が、ビールをせがんだりするものだろうか。

そこで男は、ようやく重要なことに思い至る。

女神の顔は見られない。友人は、そう言っていたではないか。ところがだ。目の前のこの女は、いま必死の形相で迫ってきている……。

そこでようやく、男は詐欺紛《まが》いのことに巻きこまれているのだと悟った。指輪を女に押し返し、速足でその場を去ったのだった。

後日、仲間うちで集まったときにその話を持ちだすと、やはりあの若者が教えてくれた。

「ときどき、いるんだ。セーヌの恋人の話を利用して悪だくみする、そういう輩《やから》が。

女神を装って人にたかろうという魂胆《こんたん》さ」

やはり一筋縄ではいかないのだなと、男は落胆する。と同時に、なんとしてでも苦難を乗り越え、再び女神に会いたいものだと決意を新たにした。

女神の影を追いながらも、パリでの滞在中、男はときどき女をつくった。芸術は恋。そう言うからには、形だけでも整えなければならないだろう。そんな不純な考えが動機だった。

だが、誰と付き合おうとも、何かがしっくりこなかった。初恋を忘れられない者のように、昔の恋人に未練を残した者のように、心を占めているのは女神への、そして女神が運んでくれるであろう奇跡の恋への変わることない憧れだった。

男は付き合っては別れを繰り返し、ひとつの恋が長つづきすることは一度もなかった。

その一方で、セーヌ川の近くに留《とど》まらず、男はパリのいろいろなところを愛した。下宿のあるモンマルトルに、マレ地区。サン・ラザールやパッシー界隈《かいわい》。

時間ができると、目的もなく散歩した。そうしてパリとの距離が縮まれば、女神と出会える可能性も高まるのではないか。こじつけのような考え方とは分かっていたが、屁理屈《へりくつ》でも何でも、行動しているうちは心が少しだけ満たされた。もちろん、淡い期待はそれ以上のものには変わらない。

数年があっと言う間に過ぎ去って、とうとう男は帰国の日を迎えることとなった。女神との再会は、ついに叶わなかった。しかし代わりに、彼は芸術家として大きな成長を遂げていた。描く絵は評価を受けはじめ、画壇で注目を集めるようになっていたのだ。

それゆえ母国で彼を待っていたのは、忙殺の日々だった。個展を開くとたちまち絵は完売し、評論家たちはこぞって彼に賛辞を送った。男は求められるがまま、アトリエで孤独な作業に没頭した。

だが、そんな中でも、遠い彼の地での出来事を忘れることはなかった。時間ができると、セーヌ川の水面《みなも》の煌めきへと思いを馳《は》せる。あの日あの場所で出会った、セーヌの恋人。いまあの女神は、ほかの誰かに幸せを届けているのだろうか。

男の中に、嫉妬《しっと》心が芽生えてくる。本当ならば、自分も恩恵にあずかっていたはずなのだ。あの黄金色に輝く、幸運の指輪に……。

一度考えはじめたら、居ても立ってもいられなくなる。だが、すぐに仕事が迫ってきて、矢のように日々は過ぎていくのだった。

数年に一度、男は仕事で、あるいは休暇で、パリを訪れた。そのたびに、無論、彼はセーヌ川のほとりをぶらついた。その習慣は歳《とし》を重ねても変わらなかったが、女神との距離もまた、決して変わることはなかった。

昔、パリで切磋琢磨《せっさたくま》していた仲間たちも、いまやそれぞれの道を歩んでいた。

中には男と同じように芸術家として名声をつかんだ者もあったし、いつか世間に認められる日を信じ、まだまだ制作に打ちこんでいる者もいた。早々に進路を変えて、実業家として名を馳せるようになった者もいた。家庭を持って、ありふれた日常の中に幸せを見出《みいだ》す者もいた。

仲間たちとは個別で連絡を取り合って、時間があえば、再会して近況を報告しあった。ただ、あのころのように夜通し議論を重ねたり、バカ騒ぎしたりすることは二度となかった。

男は変わらず誰と結婚することもなく、芸術との二人三脚の日々を重ねていった。

友人の子供は、会うたびにどんどん大きくなった。そのうち男は、若い人間を前にすると我が子を見るような思いを抱くようになった。

その子供たちも成人し、彼らもまた家庭を持ちはじめた。それに伴い、男も親と呼ばれる世代から祖父同然の年齢となっていった。

それでも男は、女神への思いを捨て切ることはできなかった。

「セーヌの恋人」

かつて友人が放った言葉。それは胸に刻まれて、月日が経《た》とうと色褪《いろあ》せやしない。パリを訪れると、男は黙々とセーヌ川のほとりを歩き通した。人とすれちがうときは、いつだって「もしや」と考えたし、背後への注意も怠《おこた》らなかった。心の準備だけは、しっかりとできていた。そう、準備だけは。

仕事の上で大きな区切りがついたのは、ちょうど還暦を迎えた年だった。男は母国で大きなプロジェクトを成し遂げたのだ。

それは国を代表する演出家による作品の舞台美術を手掛けるというたぐいのものだったが、男のキャリアの集大成とも呼べる仕事となった。人々はありったけの称賛を送り、若い才能は男の姿に未来の自分を重ねて心酔した。男の周りは華やかだった。フラッシュがたかれ、花の香りに溢《あふ》れていた。

しかし、心の穴は開いたままだった。十八歳のあの日から、ずっと。

プロジェクトの成功を機に、男はパリに移住することを決意した。それはこれまでにも幾度となく頭をよぎっていたことだったが、母国が彼を手放さなかったのだった。

男は周囲を説得し、惜しまれながら海を渡った。

パリに着くと真っ先に、ある場所へと向かった。郊外で開かれている蚤《のみ》の市だった。

そこで男は、指輪を買い求めた。

女神に渡されるまでの、仮初《かりそめ》の品。それを自分で購入し、寂しさを埋めようと考えたのだ。

男はかつて女神が手にしていた指輪を思い描きつつ、蚤の市を散策した。新品のものはイメージにそぐわないような気がした。ゆえに、アンティークで近しい品を探し求め、やがて似たようなものを手に入れた。

指輪をはめると、少しだけ気持ちが満たされるような思いだった。と同時に、やはり後悔の念も同じ分だけこみあげた。

何十年も前の、あの日。差しだされた指輪を受け取ってさえいれば、いまごろ素晴らしい伴侶に恵まれて、幸せな暮らしを送っていたはずなのだ。

男は悔しさを振り払うように、キャンバスに向かうのだった。

パリでの日々も、相変わらず制作に追われる毎日だった。

そんな中でも、彼は日課としてセーヌ川のほとりを散歩した。

こんな歳になってまで幻を追いかけるなんてと、自己憐憫《れんびん》にとらわれることもあった。それでも足は自然とセーヌ川へと向いてしまう。もはや理性を超えた、本能による行動だった。

魔が差した、とでも言うのだろうか。

いつもとちがう感情が芽生えたのは、ある夕方のことだった。

散歩の最中。ルーヴルからオルセーへと架かる、あの橋を渡っていたとき。彼はふと立ち止まり、セーヌ川へと目をやった。

川は西日を反射して、眩《まばゆ》い光を放っていた。

男は欄干に凭れかかり、回想に耽《ふけ》りはじめた。

パリで過ごした青春時代――。

内なる衝動に突き動かされ、朝から晩まで芸術に没頭したものだったなぁ。その後の自分のすべては、あのパリでの時間がつくってくれたと言っても過言ではない。

そして晩年を迎え、いま同じ場所に立っている不思議。あのとき夢見た空想が
——画家としての成功が、現実になった奇跡。感慨にも似た思いが沸《わ》きあがる。

しかしただひとつ、致命的に欠けているものが男にはある。

恋。それも、女神のもたらすとびきりの。

思えば、自分は馬鹿な考えにとりつかれたものだ。根拠も何もない幻の存在。そんなものを探すために、人生の貴重な時間を費やしてきたのだ。

自分をここまで駆り立てたのは、いったい何なのだろうと男は思う。

芸術は恋。その持論ゆえのことだろうか。

いや、きっとそれだけではないだろう。女神と出会ったあの日あのとき、自分は女神に魅入《みい》られてしまったのだ。

だが、その女神との再会は、ついに叶わなかった……。

男は左手につけた仮初の指輪を見やる。急にそれが、稚拙《ちせつ》なものに思えてくる。

こんなもので自分を慰《なぐさ》めたりなんかして、自分はなんて哀《あわ》れな人間なんだ。

指輪を外して、西日にかざす。指輪は鈍い光を放つ。

いっそ川に、未練と一緒に葬《ほうむ》ってしまおうか。そして金輪際、女神のことは忘れよう。

男は瞬間的に、かっとなった。振りかぶり、指輪を投げようかという直前――彼は腕をゆっくり降ろし、肩を落とした。

そんなことをしたって、何の意味もない。虚《むな》しさがいっそう増すだけだ。

男は指輪をしばし見つめた。

捨ててしまうのは躊躇われた。が、再び指にはめるのも、何かがちがうような気がした。それで彼は、指輪をポケットにしまおうとした。

そのときだった。

男は手元が狂い、指輪をポケットに入れそこなった。それはぽろりとこぼれ落ち、石畳に弾んで金属音を響かせた。

あっと思った瞬間――。

「落としましたよ」

男の背後で、声がした。一瞬、身体《からだ》を動かすことができなかった。何十年も前の記憶が、鮮明によみがえってきた。あのとき聞いた声が重なる。

ひと呼吸を置いてから、男はゆっくり振り返った。そこには、逆光で影のようになった人が立っていた。

高揚する心を落ち着けながら、少しずつ、ゆっくりとその手元のほうへ視線を落とす。

立派な指輪。セーヌ川の水面のような輝きを持った、黄金色の指輪。

それが待っていた――はずだった。

しかし。

「あなたのものですよ」

そう言って差しだされたのは、何の変哲もない指輪だった。いや、正確には、たったいま紛れもなく自分で落とした、蚤の市で買った指輪だった。

男は呆然《ぼうぜん》としながら、その人を見た。その表情は、もやに包まれ見ることはできない。紛《まが》う方なき、女神だった。

女神は、なおも指輪を差しだしつづけた。

男はしばらく黙っていたが、やがて悟ったように、ゆっくりと首を振った。

そして女神の手を優しく両手で包みこみ、そっと向こうへ押しやった。

「そうか、そうだったんですか」

男はセーヌ川へと視線を移した。

夕陽に光るその水面は、圧倒的に美しい。

「あなたにこんな真似《まね》までさせてしまって、申し訳ありませんでした。私は、ようやく目が覚めました。その指輪は、もう必要ありません。もっと早くに自分で理解すべきことでした」

誰に言うでもなく、男はぽつりと呟いた。

「セーヌの恋は、とうの昔に終わってしまっていたのですね」

解説

せきしろ
（作家・俳人・コラムニスト）

何年ぶりのショートショートだろう。いや、何年ぶりという話ではない。何十年ぶりだ。

私はあまり読書をする子どもではなかった。本を手にとってパラパラとページをめくり、ひたすら並んでいる文字を見ると「こんなに長い話が読めるわけがない」とそれだけで途方に暮れてしまい、本を読むことを諦めてしまう子どもだった。

そんなある日、私はショートショートという形態の小説に出会った。いつものように本をめくると文字はたくさんあるのだが、ひとつの話がとても短い。試しに読んでみると、どこか不思議で漫画のようでもあり、すぐに虜《とりこ》になった。

何冊か読み終えた頃には、より短い作品を求めるようになっていき、読む前にまずページ数を調べ、2～3ページだと嬉々《きき》として読み、5ページくらいあるとえらく長く感じてしまい読む気力を失ったものだ。

私の昔話はどうでも良い。

私が久々に手にしたショートショートが田丸氏の本だ。『ふしぎの旅人』というタイトルからもわかるように旅をテーマにした作品が並んでいる。様々な旅のショートショートが詰まっているのだ。

「自分は今、旅をしている」と実感させてくれるのは色だ。言葉や匂いもそうであろうが、私にとってその土地の風土、風景の色彩は大きい。

たとえば海へ行けば、目の前には海の色があって、砂の色が広がっている。それは北海道の盆地育ちの私が見てきた色とは違い、別の土地に来たことを実感する。海の色はひとつではない。北の海と南の海の色は違う。砂浜の色も違うし、あるいは砂よりも岩肌の色が目立つ海岸もある。その土地によって様々で、どれも旅を彩る。

それは山であっても、街であっても同じであり、木々の色、咲いている花の色、建物の壁の色、看板の色使い、住人の服の色、電車のシートの色など、どれも普段目にしている色と違い、旅をしていることを再認識させてくれるのだ。

上京して来た私に、故郷ではない土地に来たことを実感させてくれたのは屋根の色だった。新幹線の車窓から見える屋根はほとんどが瓦だったのだ。故郷では瓦屋根を見たことがなかったから、その瓦の色に東京を感じ、それだけで心躍ったことを覚えている。

また自分の昔話をしてしまった。歳《とし》をとった証拠であろう。

旅を実感させてくれる色。それがこの本に詰まっている。

『シャルトルの蝶』で生まれる色、『Blue Blend』から見えてくる色、『火の地』の熱い色、『竜宮の血統』で描かれる色。この本にはショートショートが18編収録されているから、単純に18色の色を見ることができる。実際にはそれ以上の色だ。ステンドグラスもある。オーロラだってある。

それらはひとつひとつ印象的でどれもぼやけることがない。私に強烈なほどに色を意識させてくれる作品は梶井基次郎《かじいもとじろう》の『檸檬《れもん》』と芥川龍之介《あくたがわりゅうのすけ》の『蜜柑《みかん》』であったが、それらと肩を並べるのではないかと思う。

色だけでも旅をしている気分になれるというのに、田丸氏はそれだけでは終わらせない。巧みにその土地を案内してくれる。私は田丸氏の後をついて行くだけでよい。田丸氏は優秀な添乗員のようだ。買いたくもないお土産《みやげ》屋や食べたくないレストランに無理矢理連れて行くような現地係員ではない。安心して身を任せれば良いのだ。

ただし、ショートショートの旅にはひとつだけ問題がある。最後まで目的地が不明なのである。どこに連れて行かれるかわからないまま、田丸氏の後をついて行かなければならない。やがて到着した場所は私が想像していた所とは違い、ハッとさせられる。自分が想像していた目的地とかけ離れていればいるほど、私は感動し、この旅に来て良かったと思うのだ。

同時に私には添乗員はできないと悟る。

まだ若かった頃、私は沢木耕太郎《さわきこうたろう》の本を読んでひとりで海外に行ってみることにした。初めての海外。人生経験、というよりも、いつか自分が偉くなった時にインタビューで「若い頃は旅をしましたね」と言うことができるからというのが大きい。

しかし何の勉強も下調べもせずに行ったために、何をどうしたら良いのかわからない。言葉もわかるはずがなく、それでもコミュニケーションをとろうとするような性格でもない。ひとりで初めての海外というシチュエーションは私にハードルが高すぎた。

結局ほとんどホテルにいた。たまに出かけたとしても、近所にあった日本でお馴《な》染《じ》みのコンビニへと行くくらいだった。なんという無駄な時間だろうと思いつつも、帰国してそんな旅であったことを言わなければ誰もわかるわけなく、「ひとりで海外を旅したんですよ」と自慢はできるから問題ないと考えた。

また昔話をしてしまった。かつては大人の昔話に飽き飽きして毛嫌いしていたはずなのに。

たとえば『ホーム列車』という作品。停車している電車に乗っている時、向かいの電車が動き始めるとまるで自分の電車が動いていると錯覚することがある。逆に「動いているのはこっちだ」とギリギリまで思い込んでみる時もある。また、自分の電車が動いている時に窓を見て「これは電車が動いているのではなくて風景の方が動いている」と思い込んでみることもある。私はそこで満足して終わる。初めての海外旅行と同じだ。一歩も踏み出さない。

しかし田丸氏はそこからひとつの作品を作りあげる。なんとホーム自体を動かして、私の経験したことのない旅に連れ出してくれる。この差は埋められない。私が添乗員になれないことは明らかだ。

『虚無缶』という作品。簡単に言ってしまえばこのタイトルはダジャレなのだが、そのダジャレから構築された話から、また別の旅が始まる。先も述べたが、私はダジャレを思いついたとしてもそこで終わってしまうだろうが、田丸氏はそうではない。廃墟《はいきょ》の色が全編に広がる作品だ。こういう旅も悪くない。

また『帰省瓶』。こちらもただのダジャレではない。瓶の色はもちろんのこと、帰省の時期の慌ただしい色も見えてくる。最後に旅行パックなるものも登場してきたから、私も負けじと「ツアー」で何かダジャレを考えてみようと思ったものの何一つ思い浮かばなかった。

一転して『Star-fish』。この旅は美し過ぎる。

『花屋敷』にはお気に入りの箇所がある。どこかはかなさを感じさせる美しい色が広がるこの作品、内容はもちろん秀逸なのだが、私は最後の数行が好きなのだ。


あるところに、不思議な山があった。

そこは、花盛りの異なる花々が一斉に咲き乱れる山だという。

山道には、立派な幹をもった藤の木が立っている。樹齢も定かでない大きな古木だったが、数多《あまた》ある藤の中でも特に美しい紫色の花を咲かせるといって、いつしか評判が立った。

やがてその下に茶屋ができ、旅人たちの憩《いこ》いの場として名が知れた。

茶屋の団子は藤団子などと呼ばれ、道行く人々に末永く愛された。


物語は終わったと見せかけて山の説明となる。観光地にある看板の説明書きを読んでいるようだ。この数行がたまらない。旅の後の旅とでも言おうか、帰り道の夜中のサービスエリアで休憩するような、あるいは天候の関係でもう一泊することになったような、「まだ旅は終わっていなかったんだ」と思う時に似たなんとも言えないお得感がある。この数行を加えるセンスが羨ましい。

　私が最も好きな旅は『ポートピア』である。これは故郷と家族を私に思い出させる旅である。祖父は私とお酒を飲みたかったのだろうか。いや、飲みたかったに違いない。父親も口に出さないがそうであろう。そんなことを考える。私はひとりで居酒屋に行くことがほとんどないのだが、この店になら行ける。いや、絶対に行きたい。たとえグルメサイトの評価がどうであろうと行きたい。

　そういえば私の祖父は夕方になるといつもお酒を飲んでいた。祖父は日本酒を飲みながら隣に座るように促してくるので座るのだが、とにかく退屈で仕方なかった。お酒の匂いは好きではなかったし、肴《さかな》も子どもには美味《おい》しいと思えないものだった。夕方のアニメを見たいのに、テレビでは相撲《すもう》かニュースが流れていた。ただ、良い感じに酔ってくると祖父はいつもお小遣いをくれた。そのため私はじっと我慢した。時には、なかなかお小遣いをくれず、何度も同じ話を聞くことに厭《あ》き厭《あ》きした。今ならいくらでも聞くのだが。むしろずっと聞いていたい。

　また昔話をしてしまった。何度も何度も昔話をしてしまう。

もしかしたら私はループ空間に迷い込んでいるのかもしれない。

「これを題材にしたSFのショートショートが書けるかも！」

そんな創作意欲まで掻《か》き立ててくれた田丸氏には感謝しかない。

ありがとう。

またどこかに連れていってください。

最後にひとつだけ。

『セーヌの恋人』は世界に通用する作品だ。

単行本　二〇一七年二月実業之日本社刊
（『インスタント・ジャーニー』を改題）

本作品はフィクションです。登場する人物、団体、組織、店名、企業その他は実在のものと一切関係ありません。（編集部）

実業之日本社文庫 た101

ふしぎの旅人《たびびと》

2019年10月15日　初版第1刷発行

著　者　田丸雅智《たまるまさとも》

発行者　岩野裕一
発行所　株式会社実業之日本社
〒107-0062　東京都港区南青山5-4-30
CoSTUME NATIONAL Aoyama Complex 2F
電話［編集］03(6809)0473［販売］03(6809)0495
ホームページ　http://www.j-n.co.jp/
ＤＴＰ　ラッシュ
印刷所　大日本印刷株式会社
製本所　大日本印刷株式会社

フォーマットデザイン　鈴木正道（Suzuki Design）

ISBN978-4-408-55541-6（第二文芸）